Kerstin och jag by Astrid Lindgren

サクランボたちの幸せの丘

アストリッド・リンドグレーン 作
石井登志子 訳

【KERSTIN OCH JAG】
by Astrid Lindgren
Originally published in Sweden
by Rabén & Sjoegren Bokfoerlag AB, Stockholm.

Japanese title of the work
"Sakurambotachi no Shiawase no Oka"
Published by Tokuma Shoten Publishing Co., Ltd., Japan.
Japanese translation published
by arrangement with Saltkråkan AB.

1

人の生活が、あっけなく変わってしまうのには、まったく驚《おどろ》きます。

シャスティンとわたしは、生まれてから十六年間ずっと、父さんが勤《つと》めている軍隊の駐屯地《ちゅうとんち》のある、永遠に眠《ねむ》っているような小さな町で、丸石を敷《し》きつめた通りを行ったり来たりしていました。あの町では、何も起こりませんでした。そう、ぜったいに何も起こらなかったのです。

とはいっても、もちろん、わたしたちがまだ小さいころ、町の公園の砂場で遊んだあと、家に帰ろうとして大通りの四階建ての建物の前を通った時、足を滑《すべ》らせた煙突掃除屋《えんとつそうじや》さんが目の前に落っこちてきて、あやうく下敷《したじ》きになるところだった、という事件を数に入れなければ、ですが。そうそう、それに、わたしたちが堅信礼《けんしんれい》（キリスト教で、幼いころ洗礼を受けたあと、信仰を強める儀式で、この物語の舞台スウェーデンでは普通、十五歳で受ける）を受けた年には、ストレムベリイさんの文房具店《ぶんぼうぐてん》が火事で燃えました。

でも、その二つを除けば、わたしたちの生活は、細かいところまで全部きっちりと決まっていて、変わったことはぜったいになんにも起こらなかったのです！

学校では、文法や歴史、生物などの科目を頭に詰《つ》めこんでいました。大勢《おおぜい》のやる気満々《まんまん》の先生がたが、力をつくして、悪いことなんか何もしていないわたしたち子どもの生活を、みじめなものにしてくれました。わたしたちは大好きな学校への道を、毎朝てくてくと歩いて通っていました。たまたまどこかがちょっと痛くて、それを口実にベッドにもぐったまま、ずる休みしてしまわなければ、ということですが。そして放課後は、足が痛くなるまで、大通りを行ったり来たりしていました。それしか、することがなかったのです。大通りのはしから二百メートル歩くと、スヴェンソン自動車株式会社があります。そこの大きなショーウィンドーで、自分がきれいに見えるかどうかを、まずちらっとたしかめます。そして、また同じところを引き返すのでした。

でも実際には、自分の姿をたしかめるために、ショーウィンドーを見たりする必要などありませんでした。シャスティンを見るだけでよかったからです。シャスティンは、わたし自身よりもわたしにそっくりなのです。十六年間も双子《ふたご》として暮らしていると、お互《たが》い影響《えいきょう》しあって、ますます似てくるのかもしれません。だから、もしもわたしの左の頰《ほお》にちっちゃな茶色のそばかすがぽつんと一つなかったら、どっちがシャスティンでどっちがバーブロなのか、だれにも区別はつかないでしょう。

でも、わたしがバーブロだということは、みんなにちゃんとわかってもらいたいと思います。本当は、二人を取り違《ちが》えたって、たいしたことはないのかもしれません。なにしろわたしたちは、見かけがそっくりなだけでなく、なんでも同じものが好きで、何をするにも二人一緒《いっしょ》だからです。つまり、学校の勉強も二人で力を合わせてやっとのことで切りぬけてきたし、一緒《いっしょ》に男子高のダンスパーティに行って、まったく同じ男の子たちと踊《おど》っていた、というわけです。

そんなわけで、残念なことに、わたしたちの身の上にはまったく何も起こらないように思われました。死が訪れてこの世を去るまで、決まったわだちの上をとぼとぼ歩くしかないのだろうと、わたしはぼんやり考えていました。

ところがある日、とつぜん変わったことが起きたのです。それは、父さんが五十歳《さい》になり、定年で、長年国のために陸軍少佐《しょうさ》として勤《つと》めてきた軍隊をやめたことから、はじまりました。父さんは体が大きく、健康でたくましいので、五十歳《さい》になったからといって、そのまま何もせず死の床《とこ》に横たわる日を待つとは、まわりの者は思っていませんでした。でも父さん自身は、退職してから何をすればいいのか、ずいぶん悩《なや》んでいました。ある保険会社からは、代理店の仕事をしないか、と熱心に誘《さそ》われていました。引き受けてくれるならかなりの収入を約束する、と言われたのですが、父さんはあまり乗り気になれませんでした。そこで父さんは、長いあいだ迷い、もんもんと悩《なや》みつづけ、わたしたちはもう気軽に声もかけられないほどでした。

「父さんの邪魔《じゃま》をしないでね。考えごとをしてらっしゃるんだから」美しい母さんは、にっこりと笑《え》みを浮《う》かべて言いました。

母さんは、父さんに好きなだけ悩《なや》ませておき、自分はいろんな用事をさっさと片づけていました。母さんは外見だけを見れば、まるでファッション雑誌から抜《ぬ》け出てきたように美しく見えますが、そのせいでかえって、母さんが実際にはなんでもよくできて、エネルギーあふれる人だということに気づく人は、めったにいません。「人間は、イギリスのサラブレッドのように優美であると同時に、とても有能でいられるんだ」と、父さんは言います。母さんはまさに優美そのものなので、そばにいると、わたしはいつも、馬車を引くがっしりした駄馬《だば》の子になった気がするほどでした。

さてある晩、父さんは迷いに終止符《しゅうしふ》を打ち、興奮で目を輝《かがや》かせて、父さんと母さんの寝室《しんしつ》にやってきました。母さんとわたしたちが寝室《しんしつ》にいたからです。母さんは鏡台の前に、わたしとシャスティンは長椅子《ながいす》にすわっていました。そこへ飛びこんできた父さんは、熱のこもった身ぶりをまじえながら、壮大《そうだい》な計画を話しはじめました。

父さんは、地方で農場を営《いとな》む、古い地主の家の生まれです。リルハムラという名前の農場と屋《や》敷《しき》は、父さんの家族に代々引き継《つ》がれてきました。どれほど長くつづいてきたのか、わたしは知りません。でも、一人息子だった父さんが軍人になって家を離《はな》れると、おじいさんはお金に困るようになり、農場を経営できなくなりました。おばあさんが亡くなり、自分も病気になったおじいさんは、そこに住みつづけるのがつらくなり、農場と屋敷《やしき》を人に貸して、町に移りました。それでもおじいさんは、リルハムラを売りはしませんでした。この土地が一族以外の手に渡《わた》ったらご先祖は喜ばない、と考えたからです。その後まもなく、おじいさんは亡くなり、自分もご先祖の一人になりました。

わたしもシャスティンも、それまでリルハムラに行ったことがありませんでした。けれども小さいころからずっと、父さんが、田舎《いなか》で過ごした子ども時代のことを話すのを、聞いて育ちました。田舎の話をはじめるといつも、父さんはいろんな思い出を熱っぽく、詩のような言葉で次から次へと語ってくれました。お屋敷《やしき》でのクリスマスやそりの遠乗り、夏至《げし》まつりでのダンス、湖へのハイキング、暖炉《だんろ》の炎《ほのお》の前での怪談《かいだん》……話を聞けば聞くほど、わたしとシャスティンは、うらやましさのあまり、青ざめてしまうほどでした。父さんの話を聞くと、わたしたちが街なかで味わっている楽しみなんて、取るにたらない、退屈でたまらないもののように思えてくるのでした。

春が来て、シラカバの芽がスミレ色に染まりはじめると、父さんは決まって暗い目つきをし、悲しそうにこんなことを言います。

「大地が恋《こい》しいよ。岩も恋《こい》しい。子どものころに遊んだ、あの岩が……」

父さんは毎年一回、貸しているリルハムラの様子を見るために、はるばる訪ねていきますが、戻《もど》ってくると、少なくとも二週間はひどく不機嫌《ふきげん》で、そばに近づくのもあぶない感じになってしまいます。リルハムラは年々荒《あ》れてきているらしく、父さんは、子どものころに過ごした家がまるで泥棒《どろぼう》に入られたかのようになっているのを見るとつらくてたまらない、大好きなリルハムラがどんどんみじめなありさまになっていく、と言っては、歯ぎしりをするのでした。

話を戻《もど》すと、父さんは寝室《しんしつ》の真ん中で、髪《かみ》の毛を振《ふ》りみだし、上着のボタンもかけずに、猛烈《もうれつ》ないきおいでしゃべりだしました。父さんはまず、母さんに言いました。

「伯母《おば》さんがわたしに、遺産《いさん》としてお金を遺《のこ》してくれただろう？　もちろん、これはわたしたちの老後の生活資金にあてるものだから、安全な銀行に入れておくべきで、使ってしまうなんて狂気《きょうき》のさただ、ということはわかっている……それに、わたしは生命保険の代理店に向いていると思うし、はじめれば、確実に多額の利益といたれりつくせりの保障を手に入れられることも、わかっている……」

それから父さんは、自分は農業のことなど何も知らないうえに、今は普通の農家にとっても、農場経営は難しくなっている、と重々しく言いました。それに、町で生まれ育った母さんや双子《ふたご》の娘《むすめ》たちが、へんぴな田舎でうまくやっていくなんてほとんど不可能だ、とも。そのあと、熱っぽくしゃべりつづけていた父さんはふいに口ごもり、助けを求めるような目でわたしたちを見まわしながら、こう言ったのです。

「だが、もしできるなら……もしも母さんが考えてくれるなら……簡単に言うと、つまり、もしも母さんが……わたしと一緒《いっしょ》にリルハムラに行ってくれたら……この先、みんなでそこで暮らすというわけにはいかないだろうか？」

一瞬《いっしゅん》、寝室《しんしつ》の空気がぴーんと張りつめ、だれも口をききませんでした。でもすぐに、母さんの落ち着いた声がしました。

「いいわよ、ニルス」と言って、母さんは、上等のフランスの香水《こうすい》をちょっと右の耳の後ろにつけました。「行くわ、ニルス。わたし、一緒《いっしょ》に行きたいわ！」

父さんは少しのあいだ、黙《だま》って立っていましたが、すぐに目に涙《なみだ》を浮《う》かべました。感動しやすい父さんは、しょっちゅう目に涙《なみだ》を浮《う》かべます。その後、父さんは母さんに駆《か》けよって、激しくキスをし、こう言いました。

「ああ、すっかりあきらめていたんだよ。きみが大好きだ。これからもずっとずっと、きみが好きだ」そして、ちょっぴり低い声でつづけました。「わたしのすてきなプリンセス！」

同じ部屋の長椅子《ながいす》には、わたしとシャスティンがすわっているのに、です。

「ちっちゃな鍋《なべ》にだって、耳があるのよ」と、わたしがいやみたっぷりに言うと、シャスティンもつけ加えました。

「まったくよ。いい耳をした、とってもまじめな姉妹が、お二人の馬鹿《ばか》みたいなセリフをちゃんと聞いてるってこと、忘れないでね」

「話は変わるけど、父さんのすてきなプリンセスに、ブラックソーセージ（豚の血入りのソーセージ）を焼いてくださるように、たのんでもらえない？」と、わたし。

「おいおい、そりゃないだろう、サクランボたちや」と、父さんは答えました。「高貴なプリンセスに、ソーセージを焼かせようっていうのかい。大きな娘《むすめ》が二人もいるっていうのに！」

そこで、サクランボたち――わたしたちのことです――は台所に退散《たいさん》し、しばらく料理に励《はげ》みました。父さんは、双子《ふたご》の娘《むすめ》が生まれた時に、故郷のかわいくておいしいサクランボを思い出し、わたしたちのあだ名にしたのです。寝室《しんしつ》からは、何か説明しているらしい、父さんの熱心な声がずっと聞こえていました。時おり、母さんの落ち着いた声がまじります。

ようやく話が終わったらしく、父さんは、両腕《りょううで》で母さんを抱《だ》きあげて、台所にやってきました。そして、まるでおかしくなったみたいに、母さんとくるくる踊《おど》りまわり、「こんなに美しい田舎のおばさんなんて、ありえないよな」なんて、ふざけていました。それから、みんなでわいわいしゃべりながら、ソーセージをつまみました。その最中《さいちゅう》に、ふいに母さんが言いました。

「ところで、二人の学校はどうしましょう?」

そのことについては、父さんもわたしたちも、まったく考えていませんでした。ほんのしばらくのあいだ、わたしたちの学校のせいで、すべての計画が暗礁《あんしょう》に乗りあげそうになりました。父さんは頭をかきながら、おまえたちを町に残してまかないつきの下宿に入れてやる余裕《よゆう》はない、と悲しそうに言いました。でも、わたしとシャスティンは、もうじゅうぶん教育は受けたから、ここで終わりにしてもいいんじゃないか、という結論に達しました。高校二年の今まで、長いあいだ詰《つ》めこみ勉強をしてきたおかげで、フランス語のenやyの使いかたも、ドイツ語のnachfolgen（「あとに従う、後任になる」という意味の動詞）の正しい使いかたも、古代ギリシャのヘレニズム文化が残念ながら滅《ほろ》びていった理由も、知っていた方がいいと思われることは、だいたいもう学んでいたのです。

「学校なんて、たいしたことないじゃない！」と言って、シャスティンは、まるですべての教育機関をどこかへ吹《ふ》き飛ばすような、大げさな身ぶりをしました。わたしも口をそろえました。

「たとえわたしたちが、カールした髪《かみ》の上に学生帽《ぼう》（スウェーデンでは、高校卒業・大学入学資格取得の象徴）をかぶれなくても、小さなベレー帽《ぼう》をかぶればじゅうぶんすてきだと思うわ」

母さんは、賛成できない、というように頭を振《ふ》っていましたが、よくよく考えてみて、わたしたちが学校をやめたとしても取り返しのつかない国家的損失《そんしつ》にはならない、と納得したようでした。だってわたしたちは、Bプラスよりもいい成績を持って帰ったことがないのですから。

「バンザーイ！」わたしとシャスティンは、声を張りあげました。

父さんも、再びお日さまのように明るい顔になりました。これから何が起こるのか、わたしとシャスティンにも、ようやくわかってきました。そう、子どものころから熱い思いで恋《こい》こがれていたこの世で一番すてきな場所、夢のお城リルハムラへ行くことになったのです。わたしの頭の中には、魅力的《みりょくてき》な地主屋敷《やしき》のお嬢《じょう》さんが上等の乗馬用の馬に乗って駆《か》けまわったり、お屋敷《やしき》でのはなやかなパーティでかろやかに踊《おど》ったりする姿が、早くも浮《う》かんでいました。ところが父さんが、それは勘違《かんちが》いだと、あっというまにわからせてくれました。

「おまえたちも、ほとんど働きづめになるだろうなあ、かわいそうな娘《むすめ》たちや。経済的にひどく苦しくなるだろうから。町でのにぎやかで楽しい生活とは、さよならってわけだ」でも父さんはそのあと、まるで百万クローナ（スウェーデンの通貨の単位）あげるよ、というような顔でつづけました。「だけど二人には、父さんだけが昔から知ってる、野イチゴの採《と》れる秘密の場所を教えてやろう」

そして父さんは、その野イチゴが採れる場所について長々と語って聞かせてくれたので、わたしは、自分が将来もし道を誤《あやま》ることがあるとしたら、それは小さい時に秘密の野イチゴの場所を持っていなかったせいなんだ、と思いこむところでした。子どもにとって、秘密の野イチゴの場所を持つことは、もっとも神聖でゆずることのできない権利なんだよ、と父さんは力をこめて言いました。まるで、父さんにとっては今でも、野イチゴの採れる秘密の場所の方が、リルハムラの農場や家畜《かちく》たちよりも大切だというように。

将来の明るい夢について楽しくしゃべっているうちに、夜はどんどんふけていきました。父さんは、子どものころの思い出をさらに話してくれました。父さんの昔話はいつ聞いてもおもしろく、わくわくしますが、もうすぐ本当にリルハムラを見られるのだと思うと、父さんの話がさらに生き生きして感じられました。

その時とつぜん、シャスティンが言いました。

「ねえ、バーブロ、このすごいニュース、みんなに知らせなくちゃ！　いつもきどってるあの子たち、どんなにびっくりするかしら！　行こうよ、すぐに！」

わたしも言いました。

「もちろん、行く。きっとみんな目をまるくするわ、わたしたちが、大きな農場の地主屋敷《やしき》に引っこすなんて聞いたら」

すると、父さんが言いました。

「大きな農場だって？　そいつは違《ちが》うな。リルハムラは大きくはない。雄牛が一頭に乳牛が十五頭、馬が四頭、羊が二十頭、豚《ぶた》が二頭、鶏《にわとり》が二羽。そしてプリンセスが一人に、サクランボが二人いるだけだ。それに、くびになった陸軍少佐《しょうさ》が一人だ！」

2

初めてリルハムラを見た時のことを、わたしはぜったいに忘れないでしょう。

風が少し暖かくなり、道の脇《わき》の溝《みぞ》には雪どけ水が流れ、空気に早春の香《かお》りが漂いはじめた、三月のある日のことでした。わたしたちは父さんの運転する車に乗り、リルハムラから五キロほど手前の地方の町に寄ってから、リルハムラをめざしました。この町は、ふだんはただ〈町〉と呼ばれていますが、リルハムラに住む者にとっては文明にふれられる唯一《ゆいいつ》の場所で、コーヒーやストッキングを買いたくなったり、クリームのたっぷりついたケーキが食べたくてたまらなくなったりした時は、ここまで来るしかありません。

〈町〉からリルハムラまでは、細く、くねくねと曲がった森の道を行きました。まさに、『トムテンとトロールの中で』（ジョン・ボウエル（一八八二―一九一八）による挿絵つきの物語。ある時期、毎年クリスマスにこのタイトルで、新しく描かれた物語集が出版されていた）の挿絵《さしえ》に出てきそうな森です。おまけに、道はずっと上り坂でした。片側にけわしい崖《がけ》がそそり立つ、見晴らしの悪い山道がつづき、わたしはとうとう父さんに、リルハムラって樹木限界線（高度、寒冷、乾燥などのため、高木が生育できなくなる限界線）のあたりにあるの、と聞いてみたほどです。

けれど父さんは、返事をする余裕など、とてもありませんでした。運転席で前かがみになり、上目《うわめ》づかいで、遠くの見えない目的地をじっとにらみつけています。それでもときどき、通りすぎる景色《けしき》について、ぶっきらぼうに少しだけ教えてくれました。

「あの池で、父さんは小さい時、もうちょっとでおぼれそうになったんだ」とか、「一度、あの丘《おか》の平たい岩の上を滑《すべ》ったら、ズボンがすりきれてぼろぼろになってしまった」とか、「十歳《さい》の時、あのハコヤナギの皮をみんなはいでしまってね。なんてひどいことをするんだって、おじいちゃんにぶん殴《なぐ》られたよ」とか……。

わたしは、そのころの父さんはいったいどんな子どもだったのか、思いうかべてみようとしましたが、うまくいきませんでした。頭の中に、ハコヤナギによじ登ったり、雪山をそりで滑りおりたりする父さんが見えることは見えるのですが、その姿はどれも、こめかみのあたりに白髪《しらが》のまじった、大きくて太った陸軍少佐《しょうさ》なので、おかしくてたまりません。でも、あまりぴんとこなかったとはいえ、子ども時代の父さんがこのあたりを走りまわっていたのだと思うと、楽しい気分になりましたし、父さんが皮をはいだというハコヤナギには、なんだか親しみを感じました。

森が少しずつ開けてきて、道の両側に広葉樹の林や、畑が見えるようになってきました。あたりには、まだ名残《なご》りの雪が残っています。そして、ついに車は、屋敷《やしき》へとつづく、両側にポプラが高くそびえる並木道に入っていきました。父さんがわくわくしながらも、同時に緊張しているのがわかります。やがて、ギィーッというブレーキの音をたてて、車はとまりました。ここが、父さんが車の中でずっとにらんでいた目的地、リルハムラなのです。

わたしはせわしく息を吸いこんで、五感のすべてでリルハムラを知ろうとしていました。目の前に、白い平屋建ての屋敷《やしき》が見えました。こわれそうな屋根がのっかっていて、たくさんの小さな窓ガラスは、沈《しず》む夕日に照らされて、火のように赤く燃えあがって見えました。母屋《おもや》の両脇《りょうわき》には、別館が一つずつ立っています。そして屋敷《やしき》の屋根の向こう側には、二本の巨大《きょだい》な菩提樹《ぼだいじゅ》の裸《はだか》の梢《こずえ》が、早春の空に向かってそびえていました。

わたしは、父さんの方を見ないようにしました。目に涙《なみだ》を浮《う》かべているのは、わかっていたからです。父さんのそんな様子なんて、見たくありません。不思議なことに、わたし自身もすごく感動して、ちょっと泣きたいような気分でした。なんだか、まるで本当の家に帰ってきたような気がしたのです。シャスティンも同じように感じているみたいでした。だって、しきりに目をぱちぱちさせていましたから。

母さんがどう思っているかは、表情からはわかりません。母さんは、「やっと着いたわね」とだけ言って、車から降《お》りました。

「ああ、これからはずっと、ここにいることになるんだ。教会の墓地に引っこすまではね」と、父さんが言いました。

門のそばで、小柄《こがら》でぽっちゃりした五十歳《さい》ぐらいの親切そうな男の人が、出迎《でむか》えてくれていました。うすい亜麻色《あまいろ》の髪《かみ》に、あわい青い目をしています。その人は、わたしたちみんなの手を握《にぎ》り、父さんが紹介《しょうかい》してくれました。ヨハン・ローセンクヴィストという名前で、農作業の監督《かんとく》をする、農場の働き手のリーダーのような人だそうです。わたしは自分がこのヨハンと大の仲よしになるとは、この時はまだ知りませんでした。

次に、農場のほかの人たちとも挨拶《あいさつ》をしました。父さんは前の借地人から、働いていた人をそのまま引き継《つ》いでいました。家畜《かちく》の世話係をしている、人のよさそうなフェルムという男の人と、そのおかみさん。おかみさんは、フェルムよりもはるかにしっかりしているように見えます。それにフェルムの家には、子どもが十人近くいます。また、ウッレという、バラ色のほっぺたをした陽気な働き手もいます。父さんは引き継《つ》いだこの人たちのほかにも、お手伝いさんを一人、新しく雇《やと》っていました。エディトという名前のお手伝いさんは、わたしたちが到着《とうちゃく》したのと同じ日の朝から働きはじめ、家の中を暖めてコーヒーの用意をしておいてくれました。父さんは、すぐにエディトのことを、「田舎のすてきなお嬢《じょう》さん」と呼ぶようになりました。

わたしは、ひと目でリルハムラが好きになりました。心から、本当に。親切そうな目をしたヨハンも、善良そうなフェルムも、楽しそうなウッレも、好きになりました。フェルムのおかみさんを好きだと言えるかどうかは、ちょっと迷いましたが、よく知りあってみればおかみさんも、ちょっぴりわし鼻で怖《こわ》そうに見えるだけで、本当にすばらしい人でした。

わたしは胸をどきどきさせ、ちょっぴりおびえながら、リルハムラの屋敷《やしき》の敷居《しきい》をまたぎました。中がどうなっているのか、まるでわからなかったからです。けれど、中の様子はあっというまに明らかになりました。家の中は、どこを見ても、ぞっとするほど荒《あ》れていたのです。農場を借りていた人がここ数年、借地代を支払《しはら》わなかったので、父さんも家の修理代を払《はら》わず、結局借地人は家の中をきれいにしようともせずに、出ていったのでした。

母さんが最初に口にしたのは、「あらまあ！」のひとことだけでした。父さんが、ものすごくぴりぴりしているのが伝わってきました。せっかく美しいプリンセスを夢のお城に連れてきたのに、壁紙《かべがみ》はぼろぼろ、部屋のすみというすみには大きなネズミの穴が開いている、ときては、さぞかしいたたまれなかったことでしょう。父さんはあわてた様子で、けれど、きっぱりと言いました。

「修理しよう、モード。修理すればいいんだ、な、モード！」

「ええ、ぜひそうしましょう」と、母さんも大げさにうなずきました。

台所に行くと、エディトが歯ぐきまで見せてにこにこしながら、歓迎《かんげい》してくれました。うれしいことに、ちゃんとコーヒーが入っていました。三月になり、風が多少暖かくなってきたとはいえ、わたしたちはみんな芯《しん》まで冷えきっていたので、とてもおいしく感じました。

そのあと、母さんが主婦としての厳しい目で台所を調べはじめると、父さんは、おびえた動物のような顔になりました。

「すごくひどい鉄かまどね」と言って、母さんがかまどの上の煙突《えんとつ》をコンコンとたたくと、すすが舞《ま》いあがりました。「それに、使いづらそうな戸棚《とだな》……」それから母さんは天井《てんじょう》を見あげてつけ加えました。「天井《てんじょう》が傷《いた》んでいるのはしかたないとしても、雨まで漏《も》ることはないじゃないの」

それを聞いているうちに、わたしとシャスティンも、父さんと同じぐらい不安になってきました。もしも母さんが、リルハムラの屋敷《やしき》は住むに耐《た》えないくらいひどい、と言いだしたら、どうしよう！　母さんが、ここはきらいだ、と言ったらどうなるの？　わたしは父さんのことを思って、ひどく心が沈《しず》んでしまいました。だって、父さんがここで暮らすことをどんなに楽しみにしていたか、知っていたからです。もちろん、わたしとシャスティンもです。けれども、母さんが何かをきらいだと言ったら最後、自分は好きだ、と言いはることなんて、父さんにはぜったいにできません。

父さんは、母さんの背中に手を置いて口を開きました。ひどく落ちこんでいるように見えます。

「しかたないな、あきらめよう。ここは売りに出そうか……それとも、新しい借地人をさがそうか……どうする？」

「あきらめる、ですって？」母さんは、驚《おどろ》いたように言いました。「どうしてそんなことを！　どうかしてるんじゃない、あなた？」そして、今にも仕事に取りかかるぞといわんばかりに、手をこすりあわせながら、はっきりとこう言いました。

「修理してきれいにしたら、この家は、とってもすてきになるわよ！」

父さんとシャスティンとわたしはほっとして、村じゅうに聞こえる気がするくらい大きなため息をつきました。すると、母さんがまた口を開きました。

「だけど、思いどおりのすてきな家にするには、ずいぶんお金がかかるでしょうね！」

でも、この時はまだ、父さんはお金のことなど、ぜんぜん気にしていませんでした。たちまちすっかり元気になって、自分が子どものころはこの白い屋敷《やしき》がどんなにすてきだったか話したり、『モミの木の歌う声を聞け！』という詩を暗誦《あんしょう》したりして、はしゃぎだしました。

そのあとみんなで、客間と呼ばれている部屋に行ってみました。それは、建物の後ろ側半分をほぼ占めている、横長の大きな部屋でした。

「これは、わたしが今まで見たことのある中で一番美しい部屋だわ」母さんが言いました。

壁紙《かべがみ》は、ほかの部屋よりもさらにひどい状態でしたし、窓枠《まどわく》やドアのペンキもほとんどはげてしまっていたので、わたしは最初、母さんが冗談《じょうだん》を言っているのかと思いました。でも母さんは、明らかに本気でした。それで、もう一度じっくり見てみると、たしかに美しい部屋だ、ということがわかりました。広々としていて、長い方の壁《かべ》には感じのいい暖炉《だんろ》があり、その脇《わき》には作りつけの本棚《ほんだな》がありました。埃《ほこり》の跡《あと》から判断すると、借地人はこの棚《たな》に陶磁器《とうじき》を飾っていたようです。

でも、何よりすばらしかったのは、窓からのながめでした！　夕日があふれんばかりにそそぎこんでくる窓の外には、大きな庭園が広がっていたのです。何本もの老木が天に向かって枝をのばし、夕日にくっきりと浮《う》かびあがるその枝は、まるで美しい模様《もよう》のようでした。ずっと遠くの木々のあいだには、大きな氷の浮《う》かぶ湖も見えます。

「ここは居間にしましょう」母さんが言いました。「台所の隣の小さな部屋が、食堂よ」

そのほかには、部屋が三つと、お手伝いさん用の部屋が一つだけでした。たしかに、リルハムラの家はそんなに大きな地主屋敷《やしき》ではないようです。父さんには仕事部屋がいるだろうし、父さんたちの寝室《しんしつ》も一つ必要だし、母さんもぜったいに自分だけの部屋をほしがるだろうし……。シャスティンとわたしは、どうしたらいいんでしょう？　でも、そこで父さんが、いいことを思いついてくれたのです。

「サクランボたちは、右側の別館で暮らせばいいよ」

シャスティンとわたしは、やった！　と思って、目くばせをかわしました。でも、喜んで歓声《かんせい》をあげたりしちゃだめ。キャアキャア言ったりしちゃ、ぜったいにだめ！　自分たちの部屋がどこになっても、ぜんぜん気にしないわ、というふりをしていなくちゃ。

あんのじょう、父さんはすぐに心配そうに眉《まゆ》をひそめて、こう言いだしました。

「いや、別館にやるのは、やっぱりまずいかな。娘《むすめ》たちに目が届かなくなるんじゃないか？」

するると、母さんが落ち着いた調子で言ってくれました。

「シャスティンもバーブロも、自分のことは自分でちゃんとできると思いますよ」

「とりあえず、シャスティンの面倒《めんどう》なら、わたしが格安料金で喜んで見てさしあげますよ」と、わたし。

「バーブロのことがご心配なのはわかりますけど、わたしにお任せいただければ安心ですよ。ちゃんと見張りますから。なんなら、誓約書《せいやくしょ》を書きましょうか？」と、シャスティン。

わたしとシャスティンは、もちろんすぐに、新しい自分たちの部屋へ駆《か》けつけました。右の別館には、小さな玄関《げんかん》をはさんで、部屋が二つありました。別館の中も相当荒《あ》れてはいましたが、わたしたちの希望どおりに直してもらえれば、とってもすてきな部屋になるに違《ちが》いありません。

うれしさのあまり二人で飛びあがったあと、朝日の側と夕日の側と、どちらの部屋を取るかで、くじを引きました。わたしは朝日のあたる部屋になりました。この部屋の窓の外には、サクラの木があります。一方、夕日のあたる側のシャスティンの部屋には、とてもすてきなタイル張りの暖炉《だんろ》と、使いやすそうなクローゼットがついていました。

ちょうど部屋が決まったところへ、父さんがやってきて、リルハムラの体の大きな仲間、つまり牛や馬たちのところへ一緒《いっしょ》に行ってみないか、と誘《さそ》いました。わたしたちは、大喜びでついていきました。ヨハン・ローセンクヴィストも、牛や馬をわたしたちに引きあわせるために、ついてきました。

シャスティンとわたしは、礼儀正《れいぎただ》しくていねいな言葉づかいで、ヨハンに話しかけました。

「ローセンクヴィストさんは、いつからリルハムラに住んでらっしゃるんですか？」

「嬢《じょう》ちゃんの父さんとわしが、まだこぞうっ子で、空気銃《くうきじゅう》でカラスを撃《う》ったり、川で水車を作ったりしていたころからだ」ローセンクヴィストさんは答えました。「それにな、わしのことは、ただヨハンと呼んでくれ」

「ヨハンとわたしは、一緒《いっしょ》に山ほどいたずらをしたもんだ。もちろん、これからもするだろうがね」と、父さん。

そんなわけで、わたしたちはローセンクヴィストさんのことを、ただヨハンと呼ぶようになり、ヨハンの方は、わたしたちのことをシャスティン、バーブロ、と名前で呼んだり、嬢《じょう》ちゃん、と呼んだりすることになりました。

牛小屋の中へ入ると、生暖かい空気がふわりと体を包みました。ヨハンがわたしに声をかけました。

「さあ、嬢《じょう》ちゃん、雄牛《おうし》を見せてやろう」

仕切りの中にすわっている雄牛《おうし》はとほうもなく大きく、仕切りについている小さな黒板に書かれていることが本当なら、この牛には、アダム・エンゲルブレクトというりっぱな名前があるのです。

「アダム・エンゲルブレクトって、強そうで誠実そうな名前だろ」と、父さんが言いました。

その後、四人で雌牛《めうし》や子牛、馬や羊や豚《ぶた》なども見てまわりました。父さんは満足そうにしていましたが、ちょっぴり不安そうでもありました。前の借地人が置いていった機械や道具を、目にしたからです。

「道具は全部、くずばかりでな」と、ヨハンが正直に、ずばりと言いました。

「ああ、ちゃんとそろえるには、金がかかりそうだな」父さんは、さっき母さんが言ったのとまったく同じことを言いました。何度もお金のことを聞かされて、わたしたちもなんとなく不安になってきました。

さて、これでわたしとシャスティンは、リルハムラのすべての生き物と知りあいになりました。ただ一人、まだ挨拶《あいさつ》していないのは、家に住みついているという黒衣の女の幽霊《ゆうれい》です。わたしたちが小さいころ、父さんはこの幽霊《ゆうれい》のことで、ものすごくわたしたちをおどかしたものでした。父さんは、毎晩わたしたちのベッドのはしにすわり、ぞっとするような暗い声で、毎年クリスマスの夜中の十二時になると、リルハムラの庭園に黒衣の女が現れて……と、話して聞かせました。

「……毎年、クリスマスの夜が来るたびに、その女は一歩ずつ屋敷《やしき》に近づいてくる。そして、ついにリルハムラの敷居《しきい》を越《こ》えて入ってきたら……屋敷《やしき》は焼け落ちてしまうんだ！」そう言って、父さんは目をぐるりとまわし、怖《こわ》い顔をして見せるのでした。すると母さんがやってきて、子どもたちが怖《こわ》がって眠《ねむ》れなくなったらどうするの、と父さんをこっぴどくしかりつけ、幽霊《ゆうれい》の話をやめさせました。

父さんが、一度だけその女を見たことがある、と言っていたのを思い出し、わたしとシャスティンは、どこで見たのか教えて、とたのみました。このリルハムラが焼け落ちてしまうかもしれないと思うと、心底怖《こわ》くなったからです。父さんはあちこち違《ちが》う場所を差していましたが、とうとう、庭園のすみっこの、家からはずっとずっと離《はな》れたところを指差しました。わたしたちはすぐに、その場所から家まで、歩数を数えながら歩いてみました。するとうれしいことに、性《しょう》悪《わる》な幽霊《ゆうれい》が神聖なクリスマスの夜に三段跳《さんだんと》びでもしないかぎりは、わたしたちが生きているあいだに屋敷《やしき》が燃えることはない、とわかりました。けれども念のため、今度のクリスマスには、シャスティンと二人で外に出て、幽霊《ゆうれい》に火災保険証書と消火ポンプを見せてやることにしました。そうすればその女もたぶん、やる気をなくすでしょうよ。

お日さまが沈《しず》んで、風が刺《さ》すように冷たくなっていました。わたしとシャスティンは、両側から父さんと腕《うで》を組み、母さんのところへ戻《もど》りました。母さんはエディトに手伝ってもらって、すぐに必要なものから、荷ほどきをしているところでした。家の中は寒くて、ひどく居心地《いごこち》が悪く思えました。

「あんたたち、牛小屋の匂《にお》いがするわ」と言って、母さんは鼻をくんくんさせました。

「ああ、これからはこの匂《にお》いが、わが家の香水《こうすい》になるんだ」と、父さんが言いました。

わたしたちは持ってきたお弁当を食べ、体を温めようと、熱いお茶を飲みました。そのあとは、山積みになった段ボール箱のあいだに、寝《ね》る場所を作るだけでした。わたしの歯ブラシは見つからず、食堂に客用のベッドを二つ並べて寝《ね》ることにしました。シャスティンとわたしは、パジャマはしめっている気がしました。寝るしたくができると、新しい場所で寝《ね》る時に、すてきな夢を見てそれが正夢《まさゆめ》になるおまじないとして、こまかく仕切られたガラス窓の数を二人で数えました。そのあとで、冷たいシーツのあいだにもぐりこむと、わたしは、何もかもすてきじゃないの、と自分に言い聞かせました。けれども、カーテンがないので、窓の外のまるで黒い壁《かべ》のような闇《やみ》がまる見えでしたし、木々の梢《こずえ》でカサカサとあやしい音がするのも聞こえました。わたしはふいに、女の人は気まぐれだっていうから、今は三月の中旬《ちゅうじゅん》だけど、黒衣の女の幽霊《ゆうれい》がこっちへ近づいてこないともかぎらない、と考えはじめてしまいました。

きのうまで暮らしていた大通りに面した家の前は、今ごろきっと明るく照らされているでしょう。男友だちのベングトやヨーランは、今日も通りをうろついていて、シャスティンやわたしのことなど、もう忘れてしまったかもしれません。ふん、ベングトたちと仲よくしたがっていたハリエットやレーナは、チャンス到来《とうらい》と思ってきっと大喜びしているわ、とわたしはちょっぴりくやしくなりました。それに、今夜はグランド劇場で新しい映画が封切《ふうき》られるはずです。わたしは大きなため息をつきました。

するととつぜん、隣《となり》のベッドから声がしました。

「バーブロ、mourir（死ぬという意味のフランス語）の変化形を言ってくれませんか？」

そこにいるのがシャスティンだと知らなかったら、きっと、フランス語の先生が隣に寝《ね》ていると思ってしまったことでしょう。シャスティンの先生のまねは、本当にそっくりでした。

「はいはい、わかりました」と答えてから、わたしは社会科のリンドベリイ先生の声色《こわいろ》でつづけました。「ですが、まず、シャスティンが新バビロニア（紀元前七世紀末、カルデア人が現在のイラクから地中海にいたる地域に建てた王国）の成立について、説明してください……」

するとシャスティンが、今度は生物の先生そっくりの南部のスコーネ地方の方言で言い返しました。

「バーブロ、ベンケイソウの種類をいくつか挙《あ》げてくれんかいな」

「シャスティン、もう黙《だま》って。寝《ね》ましょ」わたしは言いました。「ここには、グランド劇場の封《ふう》切《き》りはないけど、それでもかまわない。リルハムラは、本当にいいところだってわかったもの。今はただ、眠《ねむ》りたいだけ……」

3

ああ、リルハムラでの最初の数週間は、なんて大変だったことでしょう！　大工さん、ペンキ屋さん、壁紙《かべがみ》を貼《は》りに来た内装屋さんなど、いろんな職人さんと真剣《しんけん》勝負で渡りあわなくてはならなかったのです。というのも、職人さんの数がたりなかったからでした。

母さんはまず、二人の大工さんと話をつけて、台所の床《ゆか》を新しく張り直す作業にかかってもらったのですが、大工さんたちは、古い床板《ゆかいた》をざっとはがしてしまったあと、リルハムラからかなり離《はな》れた村の反対側で牛小屋を建てることになってるんで、しばらく休みます、と言いだしたのです。その時大工さんたちは、母さんがどんな人なのか、まだ知らなかったのですが、すぐに思い知ることになりました。つまり母さんは、大工さんたちが牛小屋を建てている現場に出かけていって、言うべきことを全部言ってのけたのです。大工さんたちはすぐにリルハムラに戻ってきて、台所の床《ゆか》に取りかかりましたが、そのあいだじゅうずっと、母さんのことを怖《こわ》そうにちらちら横目で見ていました。

家じゅうに、にかわとペンキのきつい匂《にお》いがたちこめていました。家族はみんな、魚のようにうるんだ目をして家の中を歩きまわり、いたるところでペンキのバケツにつまずいたり、材木に頭をぶつけたりしています。そんな中、母さん一人が、上下つなぎの仕事着に身を包み、戦場の将軍みたいに職人さんたちに指図をしていました。ここはこうしたら? と意見を言ったり、仕事の遅《おく》れにはきつい言葉を浴びせたりして、職人さんたちが最大限に力を発揮《はっき》するよう、あちこちに目を光らせていました。食器棚《しょっきだな》の下絵を書いたり、壁紙《かべがみ》を選んだり、ふくれあがる費用に頭を抱《かか》える父さんを、慰《なぐさ》めたりもしていました。

一方父さんはというと、自分の部屋にこもって、農業の本をかたっぱしから読んでいました。ものすごく一生懸命《いっしょうけんめい》に勉強している様子は、見ていて気持ちがいいほどでした。でも時々、母さんが新しい見積書や請求書《せいきゅうしょ》を持って父さんの部屋に入っていくと、ウーッというひどく苦しそうな父さんのうめき声が聞こえました。請求書《せいきゅうしょ》の金額が大きくなるにつれ、うめき声の大きさと苦しげな調子も増《ま》していきました。

シャスティンとわたしも、何もしないというわけにはいきませんでした。家の外に出て探検してみたいのはやまやまだったのですが、そんな時間はありません。母さんは職人さんのことで手いっぱいだったし、エディトは搾乳《さくにゅう》の手伝いや鶏《にわとり》の世話や、そのほかにも千ほどもいろんな仕事を抱《かか》えていたので、いきおい、わたしとシャスティンが料理や皿洗い、掃除《そうじ》など、普通《ふつう》の家事を引き受けることになりました。けれど、自分の手を使って仕事をするのは、いつでも気持ちのいいものです。学校の椅子《いす》にすわっているよりよっぽどましだわ、とわたしは思っていました。

学校では、体じゅうがむずむずして、叫《さけ》びだすかまわりの人を殴《なぐ》るかしたくなるまで、じっとすわっていなくてはならないんですから。わたしはくるくると忙《いそが》しく働くのが好きでしたし、めちゃくちゃだった家の中が少しずつでも整っていくのを手伝えるのは、信じられないほどうれしいことでした。

そしてとうとう、どこもかしこも、きれいになったのです。ついに、職人さんの最後の一人が並木道を通ってゆっくりと帰っていき、すべての仕事が終わったとわかった時には、家じゅうがほっとしました。そのあと、エディトとシャスティンとわたしは、家をすっかりみがきあげ、窓《まど》枠《わく》のペンキももう乾《かわ》いていたので、ガラスも拭《ふ》きました。

「わたしの指先、サンドペーパーみたいにざらざらよ。バーブロのはどう?」と、シャスティンが聞きました。

「こんな感じ」と言って、わたしは赤くなったがさがさの手で、シャスティンのほっぺたをなでてやりました。「ビロードの肌《はだ》ざわりとまではいかないけれど、かなりいい感じでしょう?」

「歩きまわっても、もう足にカンナくずがまとわりつかないなんて、さみしいわ」と言って、シャスティンはきれいにみがかれた台所の床《ゆか》を見わたしました。

リルハムラに着いた日の台所とは、もう何もかも違《ちが》います。今は、台所を見まわしただけで、うれしくてたまらなくなってしまいます。鉄かまどは新しくてぴかぴかだし、床《ゆか》には新しいコルク材が敷《し》きつめられ、壁《かべ》ぎわには、がんじょうで使いやすい戸棚《とだな》が並んでいます。天井《てんじょう》は白く塗《ぬ》られ、壁《かべ》はブルー。窓には、ブルーと白の細かい格子模様《こうしもよう》の木綿《もめん》で作ったかわいいカーテン、そして大きなテーブルには、防水のオイルクロスがかけてあります。

掃除《そうじ》が一段落すると、エディトとシャスティンとわたしは、このテーブルを囲んでおしゃべりをはじめました。エディトがコーヒーと焼きたての甘《あま》い丸パンを出してくれたので、コーヒーにパンを浸《ひた》して食べながら、人生や愛について、あれこれ話しあったのです。エディトはどんなことについてもよく知っているうえに、明るくてほがらかなので、いつまでも話していたくなりました。でもやがて母さんが、居間の仕上がりを見に来て、と呼びに来たため、テーブルを離《はな》れることになりました。母さんは一日じゅう一人で居間の仕上げをしていたので、どんなふうになったのか知りたくて、わたしたちはわくわくしていました。自分の部屋で『家畜学《かちくがく》（一）』を読みふけっていた父さんも、一緒《いっしょ》に来て、とひっぱり出しました。

母さんが居間のドアを開けると、オペラの公演で幕《まく》が両側にするすると開いて美しい舞台《ぶたい》が現れるみたいに、想像していたとおりの美しい部屋が姿を現しました。壁《かべ》はうすいクリーム色。窓には花柄《はながら》の更紗《さらさ》木綿のカーテン。作りつけの本棚《ほんだな》には本がぎっしり並んでいて、おじいさんやおばあさんの写真も飾《かざ》られています。二人とも、ようやく故郷へ帰ってこられて、うれしそうに見えます。どこを見ても、言葉では言い表せないほど美しい部屋でした。暖炉《だんろ》には火が燃え、本棚《ほんだな》と本棚のあいだに置かれた読書用テーブルの上には、わたしとシャスティンがけさ庭園で摘《つ》んできたミスミソウが生けてありました。みんなで暖炉《だんろ》の前のソファに腰を下ろすと、父さんが母さんに言いました。

「よくやってくれたね、わたしのプリンセス。まったくすばらしい仕事ぶりだったよ」

「わたしたちは？」シャスティンとわたしは、仕事で荒《あ》れた手を父さんの目の前につき出しました。わたしたちだってすごくがんばったんだから、ほめてもらわなくちゃ！

もちろん、父さんはほめてくれました。そのあと、今度は母さんが父さんをほめはじめると、父さんは得意になって雄鶏《おんどり》のようにふんぞり返り、この秋、木の葉が舞《ま》い落ちるまでには、リルハムラを村で一番きれいで手入れのゆき届《とど》いた農場にするぞ、と誓《ちか》いました。

それから父さんは、リルハムラで今後手がけたい計画についてもあれこれ話しだしたのですが、その計画の半分でも実現するには、二、三世代はかかりそうな気がしました。もちろん母さんは、父さんの計画全部に賛成したわけではありません。父さんが、百年も前からある古い洗濯《せんたく》小屋をフィンランド式のサウナ風呂《ぶろ》に改造しよう、と言うと、大喜びで賛成しましたが、大きな犬小屋を作って、シェパード犬をふやして売る、という計画には、必ず利益を生むといくら父さんが力説しても、首を縦《たて》に振《ふ》りませんでした。また、父さんがトマト栽培《さいばい》用のハウスを二、三棟《とう》建てて大規模にトマトを作ろう、と言った時も、とんでもないとばかりに手を振《ふ》りました。

暖炉《だんろ》の薪《たきぎ》が燃えつきたころには、父さんも母さんのおかげで、今後の計画のうち、できることとできないことがはっきりわかったようでした。わたしとシャスティンも、父さんが〈サクランボの住みか〉と名づけた右側の別館に引きあげる時間でした。

わたしたちは、自分たちの部屋のあるこの別館のことが、母屋《おもや》よりさらに気に入っています。なんといっても、自分たちの部屋なのですから。引っこしのあと、予算にかぎりはありましたが、壁紙《かべがみ》やカーテンも、自分たちで好きなのを選んだのです。

左側の別館は、おじいさんの時代以来、閉めきられていて、借地人は立ち入っていませんでした。ここに、おじいさんが町へ運ぶことはできなかったけれど処分したくなかった家具が、保管してあったのです。父さんと母さんはもちろん、そこにおじいさんの家具があるのを前から知っていましたが、シャスティンとわたしは、ある日、母さんのあとについて左の別館へ行き、ギイッときしる扉《とびら》が開いた時には、リルハムラの金の鉱山を発見したような気持ちになりました。

手伝いを頼《たの》んであったウッレが、かびくさく埃《ほこり》っぽい暗がりの中から、次々に家具を明るい日の光の中へひっぱり出してくれました。がらくた同然のものや、時間がたちすぎてこわれてしまったものもかなりありましたが、中には、母さんでさえうれしさのあまり歓声《かんせい》をあげるような品もありました。上等の家具は、もちろん母さんが、母屋《おもや》の大きな居間に置くことにしました。でも、わたしたちの部屋にも、母さんがお目こぼしをしてくれたおかげで、上等の家具がいくつか入ることになったのです。

まる一日、せっせと別館に家具を運びつづけて、ようやく〈サクランボの住みか〉も、わたしたちの気に入るようになりました。おじいさんとおばあさんが使っていた光沢《こうたく》のあるクルミ材のベッドは、わたしとシャスティンが、それぞれ一つずつもらいました。前の家で二人で使っていた、スプリングがだめになっていたダブルベッドとは、さっさとおさらばしました。

机の部分をたたんでしまえる引出しつきの書き物机は、二人ともほしかったので、おおいにもめました。シャスティンは、わたしよりも十分《じっぷん》先に生まれたことを理由に、年上の者がこの机をもらう権利がある、と言うのです。この十分《じっぷん》年上、というのは、シャスティンが自分の意見を通したい時に、いつも持ち出す理屈《りくつ》です。そんなのずるい、とわたしは言ってやりました。年上ならものわかりよく、こんな小さな書き物机ぐらい、かわいい妹にゆずってくれればいいじゃない、と。でも、シャスティンがあまりがんこに言いはるので、年上を敬《うやま》う質《たち》のわたしは、マホガニーのきれいな勉強机をもらって我慢《がまん》することにしました。そして、シャスティンがまだ机に気をとられているすきに、すわりやすそうなかわいい揺《ゆ》り椅子《いす》を急いでおさえました。この椅子《いす》を揺《ゆ》らせば、暗い秋の夜でも、あらゆる不安や心配を吹《ふ》き飛ばすことができそうです。

もとの家から持ってきた白く塗《ぬ》られた女の子用の家具は、ほとんどエディトが引き取ってくれました。エディトはとても喜んで、この家具を手放して古い家具を取るなんて、あなたがたはひどく損《そん》なことをするのね、と言っていました。家から持ってきた家具は、それぞれ本棚《ほんだな》だけ使うことにして、本を全部並べました。シャスティンは、学校の教科書はトランクに入れてクローゼットにしまってしまいましたが、わたしは本棚に入れておくことにしました。まだ学校や友だちや先生のことを、すっかり忘れてしまいたくなかったからです。それに、もう勉強する必要がないとなると、教科書を見ても、なんだかうれしくなってきます。急に何か調べたくなるかもしれない、という気もしました。

わたしとシャスティンは、前にも言ったように、学校の勉強はあまりよくできたわけではないのですが、生活の役に立つ仕事については手先が器用でうまい、といつも言われていました。今回も、新しい部屋の風通しのいい白いカーテンは自分たちで縫《ぬ》ったし、クルミ材のベッドの上には、ひだつきの天蓋《てんがい》を取りつけました。もっとも、エディトに言わせると、「天蓋《てんがい》なんて埃《ほこり》をためこむだけ」だそうです。自分たちの好きな家具を入れてもらったあとで、母さんが買った、農家のおかみさんの織った裂《さ》き織りのマットを何枚か分けてもらって敷《し》くと、〈サクランボの住みか〉はいっそうすてきになり、この世でこんなにすばらしい部屋に住んでいる女の子はほかにいない、という気がしてきました。

「いよいよ、『地主屋敷《やしき》の魅力的《みりょくてき》なお嬢《じょう》さん』になった気がしてきたわ。そう思わない、シャスティン？」とわたしが言うと、シャスティンもうなずきました。

4

そう、とても楽しい毎日でした！　けれど、農場の仕事の方は、本当に骨が折れました。一番苦労しているのは、もちろん父さんでした。あの年で、まったく新しい仕事に取り組もうというのですから。

父さんは毎晩、夜遅《おそ》くまで、家畜《かちく》の飼料や、下水設備や、家畜《かちく》の一般的《いっぱんてき》な病気などについての本を読み、とても熱心に勉強していました。その様子は、見ていて感動してしまうほどでした。それに父さんは、村のほかの農家の人たちを心から信頼《しんらい》して、わからないことがあればたずね、できないことは助けてもらっていました。

とくに、わが家から一番近いブロムキュッラ農場のサムエルソンさんのことは、頼《たよ》りにしていました。サムエルソンさんがうちの近くを歩いているのを見つけると、父さんは、獲物《えもの》に飛びかかるタカのように駆《か》けていき、ぜひともわが家に寄ってコーヒーを飲んでいってくれ、と無理やり誘《さそ》うのです。そしてサムエルソンさんが、いいよ、と言ってうちへ来てくれると、自分の部屋のひじかけ椅子《いす》にすわらせて、土と化学肥料の一番いい配合の割合とか、そんな類《たぐい》のことをあれこれたずねはじめます。

ある日わたしは、サムエルソンさんと父さんにコーヒーを運んでいきました。すると部屋の中では、「カリ肥料」とか「チリ硝石《しょうせき》」とか「過燐酸石灰《かりんさんせっかい》」とかいう言葉が飛びかっていて、まるで空中に化学肥料が舞《ま》っているような気がしました。そして、父さんはというと、小さな生徒が尊敬する先生を見るような眼差《まなざ》しで、サムエルソンさんを見つめていました。

ヨハンも、搾乳《さくにゅう》のやりかた、家畜《かちく》の育てかた、畑のことなど、農場経営のこつを父さんに伝授しようと、一生懸命《いっしょうけんめい》がんばっていました。父さんがあれこれとてつもない計画を立てて相談するたび、ヨハンはいつも同じ答えを返します。

「おめえさま、そりゃ、やらねえ方がええと思うだ!」

くり返しこんな返事を聞かされた父さんは、我慢《がまん》できなくなってどなります。

「いったいだれがこの農場の主人なんだ、わたしか、それともヨハン、おまえか?」

するとヨハンは、いつも落ち着きはらって答えます。

「たぶん、少佐《しょうさ》でしょうがね。だが、とにかくおめえさま、そりゃ、やらねえ方がええと思うだ!」

ヨハンがこんなふうに言うと、これでこの話はおしまい、とだれもが思うのでした。

同じ村の、サムエルソンさん以外の農家の人も、次から次へとひんぱんに訪ねてくれるようになりました。みんな、農業のことをろくすっぽ知らないリルハムラのあわれな少佐《しょうさ》を助けるのはじつに楽しい、と思っているようでした。父さんのような熱心な聞き手に向かって、自分の知っていることをしゃべるのは、きっと気分がいいに違《ちが》いありません。父さんは当然のことながら、いっぱい失敗をしたため、村の人たちはおもしろがって、その失敗談を何度もくり返し話しているようでした。とくに、農家の人たちが毎朝、しぼったミルクを運んでいって顔を合わせる〈町〉のミルク工場は、父さんのうわさでもちきりのようでした。

シャスティンとわたしも、リルハムラからミルクを運んでいくようになりました。最初は、わたしたちが馬車をあやつれるなんてだれも信じてくれず、ヨハンが一緒《いっしょ》についてきていました。けれどもそのうち、さすが騎兵隊《きへいたい》の少佐《しょうさ》の娘《むすめ》だ、なかなかやるじゃないか、と思われたらしく、すっかり任せてもらえるようになったのです。ミルク運びをするには、朝早く起きなくてはなりませんが、わたしとシャスティンは、一日おきに交代で運ぶことにして、当番ではない日に朝寝《あさね》坊《ぼう》をすることにしました。

ミルクを運ぶのはおもしろかったし、村じゅうの農家の人たちと知りあうことができました。工場に着くと、わたしはみんなの様子や話していることを、全部見て、聞いて帰ろうと、目を見ひらき、耳をそばだてます。これまでの人生で、これほどたくさんの明るくて愉快《ゆかい》な人たちに出会ったことはありませんでした。田舎の人らしく、抜けめのないところもありましたが、みんな親切で、ユーモアがあり、すばらしい人たちでした……ごく一部を除いては。

というのは、ある日わたしがミルク工場に着いて、手綱《たづな》を引き、馬のブラッケンをとめようとしていた時、わたしに背を向けて立っていたレーブフルト農場の男が、すごくえらそうな声でこう言うのが聞こえたのです。

「あんなやつ、農場主なんて呼べるもんか！　あいつにくらべりゃ、おれんちの雌豚《めすぶた》の方がよっぽど農業のことをよく知ってらあ。あんな調子で、あそこがつぶれずにすんだら、驚《おどろ》きだぜ」

父さんのことを言ってるんだ、とぴんときて、わたしはカッとなりました。見てなさいよ、だれにも手伝ってもらわずに、このミルクの大桶《おおおけ》を下ろしてみせるから……。わたしはがんばって大桶《おおおけ》をつかみ、頭の血管が切れそうなくらい力を入れて、持ちあげようとしました。すると、レーブフルト農場の男が寄ってきて、あざ笑うような笑《え》みを浮《う》かべながら、大桶《おおおけ》をひょいと持ちあげ、荷馬車から下ろしたのです。わたしにはことわる暇《ひま》もありませんでした。父さんの悪口を言っていたその男に、手伝ってもらうなんて！

「ありがとう」わたしはできるだけつんとして言うと、うちの家族はみな、アルナルプ農業大学（南スウェーデンのスコーネ地方にある国立の農業大学）を卒業したばかりなんですの、というような顔をしてみせました。帰りはかなりの速さで馬車を走らせ、家に着くと、すぐに父さんのところへ行って怒《いか》りをぶちまけたのですが、父さんはただ笑って、こう言っただけでした。

「レーブフルトのあの男にえらそうにそう言われても、しかたないな。あいつはじつにうまく仕事をやっているけれど、父さんは何もできないんだから。だが、このままつづけていけば、そのうち父さんも、少なくともレーブフルトの雌豚《めすぶた》と同じぐらいには、農業のことがわかるようになるさ。それが目下《もっか》の最大の望みだな」

前にも言いましたが、わたしは馬車でミルクを運ぶのが好きです。行きは下り坂をずっと、ものすごい速さで下っていくので、大桶《おおおけ》の中のミルクがパシャパシャはねる楽しそうな音が聞こえます。あまり揺《ゆ》れるので、工場に着くまでに、ミルクがバターになってしまうんじゃないかと心配になるくらい。帰り道は、さらにすてきです。ブラッケンがゆるい坂道をてくてくと上っていくあいだ、わたしは御者台《ぎょしゃだい》にすわったまま手綱《たづな》をゆるめ、背中に暖かい春のお日さまを感じながら、あたりの景色に心を奪《うば》われて、ひたすらうっとりとながめているのです。

今年は春の訪れがいつもより早い、とヨハンたちが言っています。アトリやヤマガラが木々のてっぺんでさえずり、松脂《まつやに》やしめった苔《こけ》、それに、馬の匂《にお》いもします。こうしていると、自分もこの自然の一部だと強く感じ、これまでにないほど幸せな気持ちになるのです。こんなに幸せなんだから、だれかに何かお返しをしたい、と思ったりもします。そして、まわりの人にやさしく親切にしようとか、母さんや父さんをいらいらさせないようにしようとか、シャスティンやほかの人たちにもけっしてがみがみ文句を言わないようにしようとか、いろいろとりっぱな決心をするのです。そんなわけで、馬車がリルハムラの並木道を抜けて牛舎の前にたどり着くころには、わたしは自分のけなげさに、もう泣きそうになっているのでした。

運がよければ、牛舎のあたりで、畑に出かける前のヨハンをつかまえることができます。大好きなヨハン。こんな幸せな気分の時に、ヨハンとちょっぴりおしゃべりすると、さらにいい気持ちになれます。

不思議なのですが、ヨハンは、村で何か変わったことが起こると、なんでもほとんどすぐに知っているようです。村じゅうの人を知っているのはもちろん、馬が大好きで、数十キロ以内の馬のことはすべてくわしく知っています。車輪の音を聞いただけで、だれの馬車か聞きわけられるほどなのです。シャスティンとわたしは、少しでも時間があると、まるで二匹《ひき》の犬のようにヨハンについてまわることにしています。ヨハンといると、このあたりの田舎でどんな楽しそうなことが起こっているのか、かぎつけられますし、わたしたちのからっぽの頭にも、かなり多くの役に立つ知識が流れこんでくるからです。

ヨハンは、もちろん父さんが大好きですが、母さんのこともすばらしいと思っているのは、明らかです。母さんが近くにやってくると、ヨハンは母さんがいつも漂《ただよ》わせているかすかな香水《こうすい》の匂《にお》いを、うっとりと吸いこみます。そしてわたしとシャスティンに向かって、ひどくうれしそうに、こう言うのです。

「ここらは、ええ匂《にお》いですな」

ある時ヨハンが指を切ったので、母さんが、傷口に包帯を巻いてあげると言って、自分の部屋へ連れていきました。するとヨハンは、戸口で立ちどまり、深呼吸をしてこう言いました。

「へっへっ、何やらええ匂《にお》いがしますなあ、へっへっ」

ヨハンは五十歳《さい》ですが、結婚《けっこん》はしていません。このままないですますつもりのようで、「おらの頭がはっきりしているうちは、けっこうだ」と言います。

「おらはいつも、こう言ってるんだ。『男がひとり者でいるのは、よくはない。が、ひとり者でなくなるよりは、まだましだ』ってな。結婚《けっこん》なんかしなくたって、心配ごとはいろいろあるんだから」と、ヨハンはよくウッレに言っています。

ウッレも未婚《みこん》ですが、一緒《いっしょ》に教会の牧師のところへ行ってくれ、としばしばエディトにたのんでいます。エディトをうまく説得できさえしたら、ウッレとしては一分でも早く、未婚《みこん》におさらばしたいと思っているのです。

ところが残念ながら、エディトにはまったくその気がありません。エディトは、一人の男に求《きゅう》婚《こん》されたからといって、すぐに結婚《けっこん》したくないのです。自分が結婚《けっこん》する気になった時には、ウッレのほかにも何人もの候補者がいてほしい、というわけです。

ウッレが一番目ざわりだと思っているライバルは、隣のブロムキュッラ農場で働いている男です。もしもおれにたっぷり暇《ひま》があったら、あいつを殺《や》っちまうんだが、とウッレは言っています。

だから、リルハムラのほかのみんなと同様に、ウッレも仕事で手いっぱいなのは、とてもいいことです。いつでも、どうしてもしなくてはならない仕事が山ほどあり、さらにそのうえ、いつも何か新しい事件が起こるのです。

たとえばある日は、シッカンが子馬を産みました。朝、馬屋に入ってみると、シッカンの横に、きのうまで影も形もなかった子馬が、ひょろひょろとした足で立っていたのです。子馬は、ビロードのようなやわらかい鼻づらで、毛並みは明るい金茶色。奇跡《きせき》のようなかわいさでした。

もちろん、楽しいことばかりが起こるわけではありません。べつの日には、オウドフンブラという名前の雌牛《めうし》が、乳房《ちぶさ》に炎症《えんしょう》を起こしてしまいました。わたしとシャスティンはこのオウドフンブラに、エールフムラというかわいい洗礼名を勝手につけていました。すぐさま獣医《じゅうい》さんを呼ぶことになり、やってきた獣医《じゅうい》さんはエールフムラをひと目見るなり、ものすごくあわてて、はれている乳頭を切開しなくては、と言いました。フェルムとヨハンがエールフムラを押《お》さえることになり、わたしとシャスティンは離《はな》れたところから見ていました。

ところが、まさに切開しようとしたその瞬間《しゅんかん》、ヨハンが押《お》さえていた手をちょっと離《はな》したため、獣医《じゅうい》さんは猛烈《もうれつ》に怒《おこ》りだしました。獣医《じゅうい》さんがひどくののしったので、わたしはヨハンがかわいそうでたまらなくなり、きっといやな気持ちでいるんだろうな、と思っていました。

ところが、獣医《じゅうい》さんの治療《ちりょう》が終わり、一瞬《いっしゅん》あたりがしーんとした時、ヨハンがフェルムの方を向き、落ち着いた様子でたずねました。

「さっき、せんせが何か言っとられたが、おめえ、聞こえたかい？　おらあ、ぜんぜん聞こえんかったんでな！」

シャスティンとわたしは、家畜《かちく》たちが病気になるんじゃないかと、いつも心配しています。そんなことになれば、父さんがおろおろして悲しむからです。父さんは、動物たちが元気でいてくれるなら、どんな伝染病でも自分がかわりにかかってやる、と言いだしかねません。

けれどもそんな父さんの願いをよそに、ある時、子牛が次々と病気になり、あっというまに死んでしまうことがつづきました。父さんは、まるで自分の子どもが死んだかのように嘆《なげ》き悲しみました。獣医《じゅうい》さんは、この原因不明の病気でこれ以上子牛が死なないように、新しく生まれる子牛にはすべて、二種類の薬をやりなさい、と言いました。一つは、生まれて二、三時間後にじょうごで子牛の喉《のど》に流しこむ薬、もう一つは、体にすりこんで使う薬でした。この二つの薬が効《き》いたらしく、その後、子牛たちは無事に育つようになり、父さんは大喜びでした。

ところがしばらくたってから、あることが判明したのです。フェルムは、やさしくておだやかな性格ですが、けっして頭の回転が速い方ではありません。そこで、二つの薬をすっかり取り違《ちが》えてしまい、体にすりこむはずの薬をじょうごで飲ませ、飲み薬をすりこんでいたのです。それを知ってからというもの、わたしは獣医学《じゅういがく》を百パーセント信用する気には、どうもなれません。

豚《ぶた》小屋にいるすごく太った大きな雌豚《めすぶた》は、まるで子豚《こぶた》で地上をうめつくすつもりみたいに、次から次に産んでいます。でも、出産直後に産んだ子豚《こぶた》を嚙《か》み殺してしまうこともあるため、出産が近づくと、夜も昼も一日じゅう、だれかが見張っていなくてはなりません。ある時、ヨハンとフェルムとウッレが、いく晩か交代でこの豚《ぶた》を見張っていたのですが、なにしろ三人とも、日中も大変な仕事量なので、わたしとシャスティンは、見張りをかわってあげる、と言いました。そして、わたしたちが夜通し豚《ぶた》小屋で見張っていたその晩に、雌豚《めすぶた》は、十一匹のピンク色の子豚《こぶた》を産んだのです。ちょうどシャスティンとわたしは、マニキュアを塗《ぬ》りたいかどうかという話題で盛《も》りあがっていたのですが、どうにかまにあって、今にも嚙《か》みつきそうになっている母豚《ははぶた》の口から子豚《こぶた》を救い出し、一匹ずつ木の格子の後ろに移すことができました。母豚《ははぶた》はがっかりしたのか、向こうを向いて眠《ねむ》ってしまいました。

父さんがしょっちゅうお金の心配をしなくてもよければ、すべてはうまくいっていると言えたでしょう。農場をはじめるのにこんなに費用がかかるなんて、また、リルハムラのような小さな農場でさえ、買い整えなくてはならないものがこれほどたくさんあるなんて、まったく驚《おどろ》きでした。

リルハムラは、かつては村で一番大きな農場でしたが、ひいおじいさんとおじいさんの代に、土地を大きく切りわけて、あたりの農民に売りました。だから今では、長年ほったらかされてきたかわいそうな小さなリルハムラは、ほかの大きくてりっぱな農場に囲まれている、というわけです。まわりの大きな農場には、搾乳機《さくにゅうき》、トラクター、穀物《こくもつ》を刈《か》り取って束《たば》ねる自動束ね機など、リルハムラにはなくて、買う余裕《よゆう》もないあらゆるものがそろっていました。

費用がかかりすぎる、と父さんが嘆《なげ》くのをあんまりしょっちゅう聞いていたため、みんなそれに慣れてしまって、ほとんど気にしなくなりました。そして、さらに暖かくなって春の盛《さか》りになると、シャスティンもわたしも、自分たちには春夏用の服があんまりない、と思いはじめました。ミルクを運んでいく日はいつも、〈町〉の〈レーブベリイ〉という洋服屋のウィンドーに出ている、濃紺《のうこん》のコール天のとてもおしゃれなつなぎズボンをながめました。ひんやりする夏の夜にぴったりです。でも、まず新しい上着がいるんじゃない？　そうそう、それに夏用のワンピースも二、三着いるわ……。父さんがぎょっとするといけないので、わたしたちはほしいものを一度に全部並べたりはせず、まず、つなぎズボンの話だけすることに決めました。

ある夕暮れ、わたしたちはぶらぶらと父さんの部屋に入っていき、なんでもないことみたいに、こう言いました。上等のマンチェスター製のコール天のつなぎズボンが、一着二十八クローナというお得な値段で売ってるの、これをのがす手はないわ、と。

父さんは黙《だま》ってこっちを見ていましたが、そのあと、『ハムレット』の「生きるべきか死ぬべきか」という場面みたいに、大げさに目をぎょろぎょろさせて、肥料会社の請求書《せいきゅうしょ》をつき出してみせました。だれだって頭がどうにかなりそうな金額でした。こんな時に、娘《むすめ》たちが気楽な顔をして、つなぎズボンを買って、とたのむなんて。

わたしたちは、ズボンのかわりに、七トンの化学肥料を顔に投げつけられたような気がしました。そして父さんに意地悪をされたような気分になって、傷ついて引きさがり、その後は何日も、ひどく不機嫌《ふきげん》なまま、どの仕事もいやいややっていました。

するとある晩、シャスティンの部屋で二人でおしゃべりしている時、ドアをノックして、母さんが入ってきました。ミルクとサンドイッチを持ってきてくれたのです。それを見たら、急におなかが減《へ》ってきました。そろってサンドイッチをぱくついていると、母さんが話しはじめました。

「シャスティン、バーブロ、あんたたち、もと住んでいた町へ戻《もど》りたい？」

わたしたちは驚《おどろ》きのあまり、食べるのをやめてしまいました。もとの町へ戻《もど》る、ですって！母さんったら、どういうつもり？　どんなことがあっても、戻《もど》りたくなんかないわ。

「死んでもいやよ」シャスティンが答えました。すると、母さんは言いました。

「そう？　でも、ようく考えてみて。リルハムラでこのままやっていくとしたら、あんたたちには、なんにも買ってあげられない。町に戻《もど》ったら、買えるかもしれないわ。たとえば、つなぎズボンとか」

シャスティンとわたしは、しょんぼりと母さんを見つめました。母さんはつづけました。

「わかってくれるわね。いったんはじめた以上、今は、この農場がうまく軌道《きどう》に乗るように、どんな細かいお金も節約しなくちゃいけないの」

シャスティンとわたしは椅子《いす》にすわったまま、もじもじしていました。完全にリルハムラから撤退《てったい》しなきゃならないかもしれない、なんていうおそろしいことは、わたしたちのどちらも、まるで考えていなかったのです。

母さんの話は、まだ終わりませんでした。一生のあいだ、ほしいものを何もかも手に入れられる人なんてだれもいないのよ、わかるでしょう？　あんたたちは、あきらめることと、何が大切か選ぶことを学ばなくては。必要なものを守るためには、あまり必要でないものをあきらめなければならないの。今、みんなにとって何よりも必要なのは、リルハムラでしょう……？

シャスティンとわたしは、そのとおりだと思い、黙《だま》ってうなずきました。さらに、わたしたちがここ数日間、ふてくされて怠《なま》けたり、いやいや仕事をしたりしていたことが、母さんと父さんにはお見通しだった、とわかって、ますますがっくりしてしまいました。

母さんの話はつづきます。

「いろんなものやことをあきらめるだけでは、じゅうぶんとは言えないわ。それよりもっと大事なことが、一つあるの。それは、働くこと。よく働き、働くことを愛するすべを学んだ人だけが、幸せになれるのよ。……それにね、あんたたち二人の労働は、今やリルハムラにとって、なくてはならないほど大きな力なの。全員が懸命《けんめい》に精を出して働くしか、リルハムラをつづけていける道はないんだって、覚えておいてちょうだい」

ところが、母さんの話は、かなり思いがけない言葉で締《し》めくくられました。

「……ところであんたたち、そのつなぎズボンを買ってもいいわよ。二人とも今までよくがんばったから、ごほうびにね。じゃ、おやすみなさい」

シャスティンもわたしも、気を取り直すには少々時間がかかりました。ズボンを買ってもらえることになったというのに、暗い顔のまま、ミルクのコップ越《ご》しに見つめあうばかり。恥《は》ずかしさでいっぱいだったからです……少なくとも、わたしは。

けれど、母さんが、二人ともよくがんばった、二人の労働力はリルハムラにとってすごく大事だ、と言ってくれたことを思い返すうちに、だんだんうれしくなってきました。そこで、わたしはこう言いました。

「あーあ、しょうがないわね。年老いた父さんのために、これからもここで奴隷《どれい》のようにあくせく働くことにしようか！」

するとシャスティンの顔が、ぱあっと明るくなりました。わたしの気持ちも、まったく同じでした。

5

何日かあと、シャスティンとわたしは休みをもらい、自転車で〈町〉へ下っていって例のつなぎズボンを買いました。ついでに、〈町〉でのんびりと楽しむことにして、二時間近くもカフェでねばり、クッキーやケーキをおなかがはちきれるほど食べました。そのあと洋服屋に出たり入ったりして、まったく買う気はないのに、さまざまな服を手に取って、生地はなんですかと聞いたり、二本ある商店街をぶらぶらと歩いて、ショーウィンドーをかたっぱしからのぞいたりしました。

ふいに、シャスティンが言いました。

「ちょっと、後ろを見てくれない？　ペチコートが出てない？　それともこの服、どこか変じゃない？」

わたしはシャスティンの様子を見てみましたが、変わったところはないようなので、そう言いました。すると、シャスティンはほっとした顔になりました。

「よかった！　じゃあ、みんなが振《ふ》り返って見るのは、わたしが美しくて魅力的《みりょくてき》だから、ってことね」そして、今までよりもさらに自信ありげに、元気になりました。

そのまま二人で、意気ようようと郵便局の前を通りすぎようとした時、中から男の人が出てきました。とたんに、わたしたちの目はその人に釘《くぎ》づけになりました。その人は、まるで南国の人のような浅黒い肌《はだ》で、カールした髪《かみ》はちょっと乱れています。白っぽいトレンチコートに身を包み、首には黄色いスカーフを、一見無造作《むぞうさ》に見えるかっこいいやりかたで巻いています。

「わたしが先に見たんだから、彼《かれ》はわたしのものよ」シャスティンがささやきました。

「いいわよ。たしかに、先に見たのはあんただものね」わたしは、ちょっといやみったらしく言いました。「それに、なんていったって、あんたはわたしより十分《じっぷん》も年上だしね。だけど、ありえないとは思うけど、かりにあの人が、わたしより十分《じっぷん》も年よりのあんたみたいな女の子に興味を持ったとしても、どんなふうにして知りあいになる気なの?」

そしてわたしは、どんな気難しいおばさんたちでも気に入るような、まじめくさった調子で言いました。

「大好きなシャスティン。いいこと、あんたが、通りや広場で見知らぬ男性と知りあいになるような、はしたない女の子じゃないことを祈《いの》るわ」

「そんなことしないわよ、ご心配なく!」シャスティンは憤慨《ふんがい》して言い返しました。「だけど、もしもあの人がこのあたりに住んでいるんだとしたら、そのうちに出会うのは避《さ》けられないでしょ」

「このあたりに住んでなんかいないわよ。こんな小さな町の人には見えないもの。きっと外国の人よ」

シャスティンも、残念だけどきっとあんたの言うとおりね、と納得しました。あの男の人にはどことなく、遠いフランスとかイタリアの香《かお》りがする、ということで、二人の意見は一致《いっち》しました。

「パリから来たばかりだとしても、驚《おどろ》かないわ」と、わたしは言いました。

その人が本屋さんへ入ってしまったので、わたしたちは深いため息をつき、それきりそのことは忘れてしまいました。

そのあと、シャスティンは歯医者さんへ行くことになっていたため、わたしはミルク工場の敷《しき》地《ち》に置いていた自転車を取りに行き、ペダルを踏《ふ》んで一人で家に帰りました。

何時間かして、シャスティンが大股《おおまた》で門から入ってきた時、わたしはレーキで畑の土をほぐしているところでした。シャスティンが口を開きました。

「だれだかわかったわ！　もう知りあいになったの、あの人と」

「あの人って、だれよ」わたしは聞きました。

「あの、外国ふうの人よ」と、シャスティン。

「シャスティン＝マルガレータ＝エリサベス、いったい何をしたのよ？」わたしはぎょっとして、シャスティンの長ったらしい正式な名前を呼びました。「あんた、ご先祖さまの名前に泥《どろ》を塗《ぬ》る気？　だめだって言ったのに！　通りで、見知らぬ男と知りあいになったわけ？」

「興奮しないでちょうだい」わたしのこごとを払《はら》いのけるような調子で、シャスティンは言いました。「あのね、三百メートルもつづく上り坂を、自転車を押《お》して歩いている時、道の向こう側にもやっぱり自転車を押《お》している男の人がいたら、知りあいじゃなくても、お天気のことくらいしゃべるものでしょう？　一緒《いっしょ》に歩いてきただけよ、わかる？」

「一緒《いっしょ》に歩いてきた、ですって！」わたしは厳しい調子で言いました。「あんたの後ろをつけてきたのよ。そのくらい、わからないの？　それってまさに、あやしいやつのやりそうなことじゃない！　やっぱり、パリから来たんでしょ？」

するとシャスティンは、くすくす笑いながら答えました。

「違《ちが》うわよ。長いこと、イエンシエーピン（南スウェーデンの地方都市）に住んでたんだって。そこの学校に行っていたから。あの男の人がだれか、知りたい？　ブロムキュッツラ農場のサムエルソンさんの息子よ。さあ、ご感想は？」

まさか！　あの人が一番近くの隣人《りんじん》だったなんて、思いもよりませんでした。もっとも、わたしたちがリルハムラに来てから今までのあいだ、このサムエルソンさんの息子は、ほとんどこのあたりにはいなかったのです。でも、息子がいることくらい、だれかが教えてくれてもよかったのに。

上り坂を一緒《いっしょ》に歩いてくるあいだに、サムエルソンさんの息子はシャスティンに、かなりいろいろなことを話して聞かせたようでした。イェンシェーピンの学校で卒業試験に合格してから、農業大学へ行き、そこも卒業したので、ブロムキュッラで父親の手伝いをするため、家に戻ってきたこと。昼間は農場の仕事をして、夜は毎晩、「作物の品種改良」と「簿記《ぼき》」を通信教育で勉強していること……。そのほかにもシャスティンはいろいろ話してくれましたが、全部はとても思い出せません。話を聞いていると、この人は知識欲とエネルギーの塊《かたまり》で、まるで怪物《かいぶつ》のように思えました。

話しているあいだ、わたしはレーキで畑の土をほぐしつづけ、シャスティンは芝生《しばふ》にすわっていました。しばらく黙《だま》っていたあと、シャスティンはまた口を開きました。

「わたしたち、かなりいい感じだったの。わたし、あの人と結婚《けっこん》して、ブロムキュッラとリルハムラを一つにするわ」

「何を一つにするですって?」わたしがおどすようにレーキを振《ふ》りあげると、シャスティンは勝手な考えをひっこめたようでした。わたしはしっかりと言い聞かせました。

「そんなこと、だめよ。どうしてもって言うのなら、勝手にあのアドニス（ギリシャ神話に登場する、女神アフロディーテに愛された美少年）みたいな人と結婚《けっこん》しなさいよ。でもリルハムラは、わたしがやっていくわ。わたしも農業大学卒の資格を取って、結婚《けっこん》なんかせずに、有能な農場の女主人になって、リルハムラと村をびしっと取りしきり、父さんと母さんに安泰《あんたい》な老後を送ってもらうわ」

「結婚《けっこん》しない、ですって！　そんなにきれいなのに？」と、シャスティン。なんて思いあがった、馬鹿《ばか》なことを言うんでしょう！　だってシャスティンは、わたしとそっくりなんですから。

この村の顔役、ブロムキュッラのサムエルソンさんが、次にリルハムラへやってきた時には、息子のエーリックも一緒《いっしょ》でした。シャスティンとわたしは、あずまやでエーリックにジュースをごちそうし、何時間もおしゃべりしました。あとで母さんが、エーリックはとても感じがよくて、お行儀《ぎょうぎ》もいい若者ね、と言いました。

「えーっ、お行儀《ぎょうぎ》がいい、ですって？」と、シャスティンは言いました。

わたしも、エーリックは感じがよく行儀《ぎょうぎ》もいい人だと思いました。ところが、何日か経《た》つうちにちょっぴりいらいらしてきました。というのは、エーリックが、シャスティンをわたしから奪《うば》おうとするように、毎晩長い散歩に連れ出すようになったからです。シャスティンがエーリックと結婚《けっこん》するなんて言ってるのは、もちろんただの冗談《じょうだん》なので、気にはなりませんでしたが、毎晩こんな調子では、エーリックの通信教育はとどこおっているに違《ちが》いありません。シャスティンはご親切なことに、あんたも一緒《いっしょ》に行かない？　と毎日誘《さそ》ってくれます。でも、お邪魔虫《じゃまむし》だとわかっているのに、のこのこついていくなんて、わたしにはできません。

散歩から帰ってくるとシャスティンは、わたしがもうベッドに入っていても、その日エーリックが教えてくれた新しいことを全部、報告してくれます。エーリックがなんでもとてもよく知っているので、わたしはだんだんいやになってきました。エーリックが勉強していない科目なんて、きっと一つもないのでしょう。そこで、牧師さんが家にやってきて、お話をしましょう、と話しかけてきた時にするような返事を、ヴェルムランド地方（スウェーデン中部にある地域）の年寄りの口調《くちょう》でしてみました。

「そりゃけっこうでごぜえますが、だれかほかの人としゃべっておくんなせえ、わしゃ、えろう疲《つか》れとりますけん！」

けれども、そう言ってしまってから、悪かったと思い直し、エーリックはメキシコ湾流《わんりゅう》についてなんて言ってたの、とシャスティンにたずねてしまいました。

とうとう父さんが、いくらこの時期は夜も明るいとはいえ、シャスティンは毎晩出かけすぎだ、と言いだしました。そしてある夕方、いつもどおり出かけようとするシャスティンに、不機嫌《ふきげん》な声で言いました。

「いつもいつも出かけていくんだな、気に入らん」

母さんが取りなしました。

「でも、ニルス、この子たちは一日じゅう農場で働いてるんだから、仕事を終えたあと、ちょっとぐらい出かけたっていいんじゃない？」

シャスティンは、母さんの言うとおり、という顔をして、父さんの頬《ほお》をちょっとつまむと、大げさに詩を暗誦《あんしょう》してみせました。

お屋敷《やしき》や黄金の財産ゆえに、彼女《かのじょ》はうらまれ、
また、その若い愛ゆえに、うらまれ……

そして、赤い上着をひっかけて飛び出していきましたが、ドアのところで一瞬《いっしゅん》振《ふ》り返り、とがめるような眼差《まなざ》しで父さんを見て、「うらまれた彼女《かのじょ》は、気を悪くしているわよ……」と言うと、姿を消しました。でもシャスティンは、本当のところそんなに気を悪くしたわけではなかったらしく、エーリックが待っている門に向かって駆《か》けていきながら、とても楽しそうに、「さよならじゃないわよね」と歌っているのが聞こえました。

わたしはわたしで、一人の時も、できるだけ楽しく過ごそうとしていました。夕方になると、フェルムの子どもたちがまとわりついてくるので、わたしはよく、フェルムの家の玄関口《げんかんぐち》にすわって、お話をしました。時にはフェルムも出てきて聞いていましたし、ヨハンやウッレもしょっちゅう、すぐ隣《となり》に立っている自分たちの家の玄関先の階段に出て、聞いていました。ウッレも、機嫌《きげん》がよければギターを聞かせてくれましたし、ギターが鳴りだすと、たちまちエディト

が家の角をまわってうれしそうに現れます。

ヨハンは、怖《こわ》い話にかけては名人です。今の時期は遅《おそ》くまで暗くならないのですが、ヨハンが、頭のない骸骨《がいこつ》が居間の中をガランガランと音をたてて歩く話や、小作人が、「だんな」（悪魔のことを隠語としてこう呼んでいた）を馬車に乗せてしまい、ひと晩で白髪《しらが》になった話などをしてくれると、どうしても背筋《せすじ》が寒くなってくるのでした。フェルムの子どもたちがおびえているようだったので、わたしはあわてて怖《こわ》くない話を思い出し、三回尻尾《しっぽ》をひっぱって、「ピルムリルム、ピルムラルム」と呪文《じゅもん》をとなえるだけで空を飛んでくれる、すばらしい馬の話をしてやりました。

ところがその話をした何日かあと、フェルムの家の下から二番目のリル－カッレが馬小屋へ行って、ブラッケンが空を飛ばないかと、力まかせに尻尾《しっぽ》をぐいっとひっぱったのです。この日、空の旅をする気分ではなかったブラッケンは、後ろ足で思いきりリル－カッレをけり飛ばしました。おかげでリル－カッレは空の旅ができたわけですが、あやうく死んでしまうところでした。そのあと、フェルムのおかみさんが真剣《しんけん》な顔つきでわたしのところへやってきて、ちっちゃな子どもにあんなうそ話をするなんてとんでもないことだ、と言ったので、わたしは、そんな話はもうしない、と約束しました。

このところ、すばらしく美しい五月の夕暮れがつづいていました。わたしはじっと家の中にすわっている気になれず、一人きりで牧場や林の中を歩きまわり、あれこれと孤独《こどく》なもの思いにふけりました。小さな木立のそばには、キバナノクリンソウが清らかに咲《さ》き、エゾノウワミズザクラの甘《あま》い香りも漂っていて、頭がぼうっとなりそうでした。木立の中にはシラカバの木も何本かあり、そのうちの一本は、幹がすわり心地《ごこち》のいい椅子《いす》のようになっていました。ある夕方、わたしはそこに何時間もすわって、「生と死について、この世に生きていることの意味について」考えていました。もしもこの深い考えを書きとめておいて印刷したら、人類は数段進歩するだろう、と思ったほどです。

ブロムキュッラの羊の牧場のあたりで、カッコウが悲しげに鳴いていました。「南のカッコウ、死のカッコウ（子どもに東西南北を教えるために作られた言葉遊びの一節）」……ひどく憂鬱《ゆううつ》な気分だったので、思いつくのはそんな言葉だけでした。わたしは母さんのために、キバナノクリンソウを何本か摘《つ》みました。そしてまた深いもの思いに沈《しず》んだのですが、よくよく考えているうちに、こんなことをしているのがひどくつまらなく思えてきて、同じ年ごろの友だちとくだらないおしゃべりでもしたい、という気持ちでいっぱいになりました。でも、あーあ、もう人家の明かりは消えていて、たいていの人はベッドの中で眠《ねむ》っているのでした。夕明かりの中を家に向かう道は、人気《ひとけ》もなくさみしく、まるでわたしの心の中のように思えました。

わたしは食料部屋に入っていって、ハムの大きな塊《かたまり》を食べました。そしたら、自分が必要としていたのはこれだ、という気がしました。

6

わたしたちが〈町〉と呼んでいるのは、本当は、ブルーケットという名前の地方都市です。ブルーケットというのは「工場」という意味で、文字どおり、工場のまわりにできて、大きくなってきた町なのです。工場はゆうに百年は経《た》っていますが、〈町〉の方はまだ五十年も経っていません。この工場は、いろんな種類の機械を作っていることでよく知られていました。

父さんは工場の技師長と仲がよく、工場でサウナ風呂《ぶろ》のボイラーも作っていることを知ると、母さんも賛成してくれたので、一つ注文しました。リルハムラの敷地《しきち》のシラカバの木々のあいだに立っている、古くて感じのいい洗濯《せんたく》小屋が、とても心地《ここち》いいフィンランド式サウナに変わったのです。

土曜日の午後になると、サウナのボイラーに火を入れて温め、まず父さん、母さん、つづいてシャスティンとわたし、エディト、それにフェルムのおかみさんや女の子たち、そのあとに男の人たち――ヨハンからリル－カッレまでが、みんな順々に入ります。土曜日にサウナで体じゅうきれいにすると、本当に休日の前の特別な日、という気がしました。それに、静かにのんびりとサウナのベンチに横になり、汗《あせ》が流れるにまかせて、体じゅうがすみずみまでほぐれていくのを感じながら、フェルムのおかみさんの話を聞くのは、まったくたまらない楽しさでした。おかみさんは男の人たち、とくに夫のフェルムについては情《なさ》け容赦《ようしゃ》のない意見を持っていて、聞いていると、とても反論なんかできない、という気がします。

ところが、取りつけてまだまもないのに、ボイラーの調子が悪くなってきたのです。父さんが友だちの技師長に電話をかけると、技師長は、職工長にボイラーの様子を見に行かせる、と約束しました。でも、何日経《た》っても、職工長はやってきません。父さんが再び電話をかけると、今度は、職工長のセーデルルンド氏とじかに話をすることができました。セーデルルンド氏は、修理に行く、と約束しました。が、やはり、やってきませんでした。

父さんはしだいにかっかしてきました。そして、ある日の午後、わたしが〈町〉に用事があって自転車で出かけようとしていると、こう言いだしたのです。

「帰りに工場へ寄って、職工長のセーデルルンドに、一緒《いっしょ》に家まで来てくれるようたのんでみてくれ」

「承知いたしました、陸軍少佐《しょうさ》どの。投げ縄《なわ》でセーデルルンドさんをつかまえて、連れてまいります」

工場の建物の中に入っていくと、何人もの人が働いていました。わたしが、職工長のセーデルルンドさんに会いたいんですが、とたずねると、一人が、ドアを指差して言いました。

「あの中にいるよ」

ドアを開けて入ってみると、汚れた作業ズボンに、顔は機械油でべたべたの男の人が一人いました。

「こんにちは」と、わたしはそっけない調子で言いました。甘《あま》い顔をしていてはうまくいかない、と思ったからです。「何も言わずに、今からすぐに、わたしと一緒《いっしょ》にいらしてください！」

その人はちょっぴりおかしそうな顔をして、「あなたはどなたですか？」と聞きました。

「リルハムラから来た者です。あなたは本来なら、とっくにリルハムラに来てくださっていたはずです。ほんのわずかでも、良心というものがおありなら」

「ああ、だけど……」とその人が言いかけたので、わたしはそれ以上しゃべらせないように、手をあげて払いのけるしぐさをしました。

「言いわけはけっこうです。とにかく、一緒《いっしょ》に来てください。それとも、クロロフォルムをかがせて気絶させ、引きずっていかないとだめかしら。わたし、土曜日にはサウナに入りたいんです。うそじゃありません。それがかなうようにしてくださるのが、あなたのお仕事でしょう？」

その人は今にも笑いだしそうな顔になりましたが、何も言わずにわたしのあとをついてきて、自分の自転車にまたがりました。わたしたちは口もきかずに、並んで自転車をこぎだしました。

上り坂になり、自転車を下りて押《お》すことになった時、わたしは横目でその人のようすをうかがいました。職工長にしてはずいぶん若いうえに、なんだかやたらと楽しそうです。その人がずっと一人でくすくす笑っているので、わたしはしだいにいらいらしてきました。

「何がそんなにおかしいのか、教えていただけます？　春なんですから、わたしもたっぷり笑いたいものですわ」

「いやあ、なんでもないんです」と、その人は笑いをひっこめて答えました。それから気さくな調子で、リルハムラはどうですか、とたずねたので、サウナ風呂《ぶろ》のボイラーがこわれている以外は理想的なところです、と答えてやりました。

家が見えてくると、父さんが門のすぐそばに立っているのがわかりました。

「つかまえてきたわよ、ほら、ねっ」わたしは遠くから大声で父さんに言いました。「つかまえてほしい人がいたら、いつでもバーブロにお任せください。一時間かそこいらで、ひったててきてみせるわよ」

父さんがこっちへ近づいてきたので、わたしは紹介《しょうかい》しました。

「こちらが、腕《うで》ききの修理屋さん」かなり失礼な言いかたですが、その人はとても若かったから、気にしないだろうと思ったのです。わたしはつづけて言いました。「セーデルルンドさん、こちらが父です」

父さんは驚いたような、何か言いたそうな顔で聞いていましたが、口を開くと、こう言ったのです。

「こちらが職工長のセーデルルンドさんだって？　もしもわたしの見間違《みまちが》いでなければ、これは、技師長のヴァルデマーシュのとこの息子さんじゃないかな？」

つまりこの人は、父さんの友だちの技師長の息子だってこと？　わたしは魚みたいに口をぽかんと開けて、つっ立っていました。けれどもそのうち、大成功だと思っていたのに大失敗だったことがわかり、むしょうに腹がたってきました。せっかく苦労して家までひっぱってきたというのに、じつは職工長じゃなかったなんて！

「どうしてすぐに教えてくれなかったの？」わたしは思わずその人に言ってしまいました。

「言おうとしたんですよ。でも、口をはさませてもらえなかったんで……」その人は悪気《わるぎ》のない顔で言い、こうつけ加えました。「それに、そのボイラー、たぶんぼくでも直せると思いますから」

父さんはおかしくてたまらないという様子で笑いだし、その人の背中をドンとたたいて、夕食を食べていってくれ、と誘《さそ》ったのですが、その人は、もう少しましな格好をしている時にまた誘ってください、と言いました。そして本当に、ボイラーを手早く直してくれたのです。

その人が仕事をすませて自転車で帰ろうとした時、わたしは、並木道のはしの柵《さく》の上にすわっていました。その人が立ちどまって、「さよなら」と言ったので、わたしは答えました。

「さよなら。あのね、あなたはやっぱり、職工長のセーデルルンドさんだと思うわ。赤ちゃんの時に取り違《ちが》えられたのよ」

次の土曜日の夕方、一週間の仕事を終えると、農場じゅうの人がサウナ風呂《ぶろ》でごしごしとよく洗って、きれいになりました。シャスティンがいつものようにわたしを見捨てて、エーリックと出かけてしまったので、わたしも今日は、新しいつなぎズボンをはいて出かけることにしました。〈町〉の方へ向かってぶらぶら歩いていくうちに、父さんが子どものころ樹皮をはぎ取ったというハコヤナギの木のところまで来てしまいました。ちょうどそこへ、若い男の人が自転車でやってきました。金髪《きんぱつ》に青い目で、なんだか知っている人みたい……。わたしの職工長だと気づくのに、時間はかかりませんでした。

「やあ、こんにちは。あの時の人？　それとも、双子《ふたご》の姉妹かな？」彼《かれ》が言いました。

「見わけるこつがあるのよ。ほら、わたしの左のほっぺたには茶色のそばかすが一つだけあるでしょ？」わたしは説明しました。

彼《かれ》はじっとよく見てから、答えました。

「ああ、あるある」

「よかった。これでわかったでしょ、こっちがわたし。そばかすがあれば、わたしがわたしだってことに間違《まちが》いなしよ」

　そのあとは二人とも、ちょっと黙《だま》って立っていました。わたしはなんとか話題を見つけようとしました。

「ええっと、セーデルルンド氏は、自転車でどこかへお出かけですの？」

「セーデルルンド氏って呼ばなくちゃ、気がすみませんか？」

「だってほかに、なんてお呼びすればいいの？」

「ぼくは、ビヨルンという名前です。ビヨルンって呼んでいただければうれしいですね」

「わかったわ。じゃ、ビヨルンは、こちらの方に何か用事がおありなの？」

「ええ、ある若い女性がちゃんとお風呂《ふろ》にお入りになれたかどうか、ボイラーの調子を見に来たんです。どうしても入りたいと、厳しいご要望をいただいておりましたので」

　ここで二人ともふき出してしまい、笑いがおさまるまでには、かなりの時間がかかりました。そのあと、ビヨルンは自転車を道の脇の溝のそばに置き、二人でおしゃべりをつづけました。わたしが自分のことをあれこれ話すと、ビヨルンも、ぼくは近い将来、工科大学に入りたいと思っていて、そのために工場で実習しているんだ、と話してくれました。機械とかモーターとかにすごく興味があり、いつかはお父さんのように、あの工場でいい職を得たいと望んでいるのだそうです。できればよその土地では暮らしたくない、〈町〉で生まれたから……。

わたしがビヨルンを連れて家に戻《もど》ると、父さんと母さんは軽い夕食を取るところでした。ビヨルンは、今回は誘《さそ》われると、ありがとう、と言って招待《しょうたい》を受けました。ちょうどサラダを食べはじめようとした時、シャスティンとエーリックが入ってきたので、もう二人分の食器を出しました。エーリックとビヨルンは、ずっと前からの知りあいだということがわかりました。

この夜、父さんはご機嫌《きげん》でした。雄《おす》の子牛を売りに出すことにしたからです。父さんがエーリックに、八カ月の子牛の売値はいくらぐらいにつけたらいいか、と聞くと、エーリックはとても得意そうに答えていました。父さんは、今後も雄《おす》の子牛を次々に売っていけば経済的に安定する見通しが立ったからか、歌ったり、笑ったり、詩を朗読したりして、本当にうれしそうでした。

母さんは、食後の干しブドウ入りのクッキーをみんなにまわしながら、ふいにこんなことを言いました。

「ビヨルンがバーブロの面倒《めんどう》を見てくださって、本当にありがたいわ。このところ、バーブロはずっとひとりぼっちだったから」

母親のくせに、こんなひどいことを言うなんて！

「ありがとう、母さん」わたしは、ちらっと横目でビヨルンを見ながら言いました。「でもね、わたし、自分の面倒《めんどう》ぐらい自分で見られるわよ」

ビヨルンはそんなことを言われても、気にしてはいないようでした。たぶん、よけいなことは考えない性格なのでしょう。

さて、わたしが二杯《はい》目の紅茶をそそいだ時、ビヨルンはお砂糖を取ろうとして、カップをひっくり返してしまいました。ちょっと赤くなってあやまっているビヨルンは、ひどく居心地《いごこち》悪そうでした。母さんが、お菓子《かし》のお皿がこぼれた紅茶で濡《ぬ》れないように持ちあげるのを見て、ビヨルンは手伝おうと、体を前に傾《かたむ》けました。その拍子《ひょうし》に、ビヨルンの額にぱらっと髪《かみ》の毛がかかったのです。その瞬間《しゅんかん》、驚《おどろ》いたことに、わたしはふいにビヨルンが好きでたまらなくなりました。ビヨルンがかわいそうになったわたしは、自分のカップもわざとひっくり返しました。だって、テーブルクロスはとっくにぐしょぐしょだったし、たまには濡れたクッキーもいいでしょう?

別れる前に、シャスティンとわたし、エーリックとビヨルンの四人は、明日の日曜日にハイキングに行く約束をしました。エーリックとビヨルンが、〈一族の絶壁《ぜっぺき》〉と呼ばれる崖《がけ》を見せてあげる、と言いだしたのです。わたしたちの祖先がヴァルハラ（北欧の神話で、戦いと知の神オーディンの住まいのこと。戦死した英雄はその館に迎えられると言われる）へ行けるようにと願いながら身を投げた、という伝説のある崖《がけ》と、近くにある、昔盗賊《とうぞく》が住んでいたという岩穴へ連れていってくれる、というのです。まずボートで湖を渡《わた》り、それから五キロほど歩くのだそうです。わたしとシャスティンはサンドイッチを、男の子たちは飲み物を持っていくことになりました。

この晩、わたしは食料部屋でハムを食べたりはしませんでした。けれども、横になっても眠《ねむ》れずに、目を大きく開けて、窓の外をじっと見つめていました。カーテンが夜風にゆっくりと揺《ゆ》れています。庭のサクラの木には、真っ白な花がいっぱい咲《さ》いていました。

7

四人でハイキングに行った日曜日は、すばらしい一日になりました。リルハムラは、たぶんこの国で一番美しい地方にあるのではないでしょうか。このあたりの自然は厳しさと美しさがまざりあっていて、それが心を打つのです。

うす暗いマツの林の中は、氷河によって運ばれ氷河がとけたあとも残っている、苔《こけ》におおわれたとほうもなく大きな「迷い石」と呼ばれる巨岩《きょがん》がごろごろしていたり、地面が大きく盛りあがっていたりします。そんなところを、やわらかい苔《こけ》のじゅうたんを踏《ふ》んで歩いていると、この風景こそ世界じゅうで一番すばらしいものだ、という気がします。

ところが、とつぜん森が開けてみると、その考えは間違《まちが》っていた、とわかるのです。なぜって、目の前には、神さまもこれ以上美しいものはお創《つく》りになれない、と思うような、いろんな花でいっぱいの輝《かがや》く草原や、シラカバやハコヤナギ、西洋ナナカマドなどがやわらかい緑の芽をのばしはじめている緑の牧場が広がっているからです。あちこちにある広葉樹の森が、草原にかかったやわらかなベールのように見えます。そのベールのおかげで、気難しい年寄りみたいな「迷い石」も、ここではあまり目立ちません。きらきら輝《かがや》く澄《す》んだ小さな湖もいくつかあって、景色に変化をもたらしています。こんな景色が見たかったんだ、と思うようなながめでした。

四人で〈一族の絶壁《ぜっぺき》〉にやってくると、下を見てくらくらするかどうかたしかめようと、地面に腹這《はらば》いになって崖《がけ》のふちまで行ってみました。たしかに、めまいがしました。そのあと、〈盗《とう》賊《ぞく》の岩穴〉にも入ってみました。中は広くて、少なくとも十人は入れそうです。遠い昔にここにひそんでいた盗賊《とうぞく》の一味にとっては、きっとゆったりとして心地《ここち》よい住みかだったことでしょう。

それから、湖のそばの丘《おか》の上に寝《ね》そべり、食べて、飲んで、おしゃべりに花を咲《さ》かせながら、長いこと日光浴をしました。エーリックは、親しくなってみると、思っていたよりも楽しい人でした。そしてビヨルン……そう、ビヨルンも、思っていたとおり楽しい人でした。わたしは時々ビヨルンを盗《ぬす》み見しましたが、ビヨルンの方も時々、こっそりとわたしを見ているのがわかりました。

ビヨルンは釣竿《つりざお》を持ってきていて、湖でスズキを五匹《ひき》釣《つ》りました。シャスティンとわたしも、ためしにやらせてもらいました。わたしは小さなギンヒラウオを一匹《ぴき》釣《つ》っただけでしたが、シャスティンは、わたしが今まで見た中で一番大きなスズキを釣《つ》りあげました。

日が傾《かたむ》くまで、そんなふうにみんなでのんびりと過ごしました。やがて、夕焼けで空が炎《ほのお》のように燃えはじめましたが、湖は鏡のように静かで、たまに魚がはねて、水面に水の輪がいくえにも広がるだけでした。向こうの岬《みさき》の木のてっぺんで、ツグミが狂《くる》おしく歌っていました。でも、エーリックがツグミだと教えてくれるまで、わたしにはなんの鳥だかわかりませんでした。とうとうそのツグミも静かになったので、わたしたちも帰ることにしました。

「さようならあー」と、シャスティンが湖の向かいの山に叫《さけ》ぶと、「さようならあー」と、やまびこが返ってきました。

みんなでボートに乗りこんだ時、お日さまと山の空気のせいか、それとも、何かわからない不思議な感情のせいか、わたしは頭がくらくらしていました。

さて、日曜日の翌日《よくじつ》は月曜日でした。そんなことは、手紙がポストに届《とど》くのと同じくらい、あたりまえのことです。シャスティンとわたしは、野菜畑全体の雑草取りをすることになっていました。ハコベやアカザなどの雑草が、植えてあるハマボウフウ（セリ科の多年草）、赤カブ、ニンジンなどの息の根をとめてしまいそうなほど、はびこっていたからです。

雲一つない空から、毎日強い日差しが照りつけているので、水もやらなければなりません。わたしたちは、雨が降ってくれないかと、じっと空をにらみました。農業にまじめに取り組んでいると、困ったことに、お日さまや美しく晴れた天気を歓迎する気には、まったくなれません。反対に、〈町〉の美容院できれいに髪《かみ》をセットしてもらったあと、自転車で帰る途中《とちゅう》でひどいどしゃ降《ぶ》りにあったとしても、腹がたつどころか、うれしくなってしまうのです。頭に雨粒《あまつぶ》がばしばしあたって、せっかくつけてもらったカールがすっかりぺちゃんこになっても、洗いたてでアイロンをかけたばかりの木綿のワンピースが、ぐしゃぐしゃのただの濡《ぬ》れた袋《ふくろ》みたいになっても、元気よくこう叫《さけ》ぶというわけです。

「なんてすてき！　家畜《かちく》の飼料用のカブが、水をもらえて喜んでるわ！　だけど、この調子だときっと一日じゅう降りつづいて、夕方ビヨルンと会えなくなっちゃう！」

農業をはじめてかなり早いうちに、わたしはあることを悟《さと》りました。雨って、いつでもちょっぴりか、どしゃ降りのどちらかなんだ、って。ちょうどいいぐらいの雨が降った、なんて話は聞いたことがありません。でも、長く雨が降らなかったあとで大洪水《だいこうずい》になったりした時には、途中で、ああ、ちょうどいい量の雨が降った、と感じる、すばらしくありがたい瞬間《しゅんかん》があったはずなのです。今がそのすばらしい瞬間《しゅんかん》なんだとわかっていれば、その時だけでも、お祝いをすることができるでしょうに……。けれども、今はちょうどからからに乾《かわ》いている時期なので、シャスティンとわたしがアカザを引きぬくたびに、土埃《つちぼこり》が舞《ま》いあがりました。

昼食は、きのうシャスティンが釣《つ》ったスズキに、パセリをいっぱい詰《つ》めて焼いたものでした。わたしたちがすわって、食べはじめたその時、フェルムが恐怖《きょうふ》にかられた目をして飛びこんできて、叫びました。

「雄牛《おうし》が！　雄牛《おうし》が死にそうだ！」

父さんは、ナイフとフォークをガチャンと音をたてて落とし、真っ青になりました。火事場へ飛んでいく消防隊顔まけの速さで、父さん、母さん、エディト、シャスティンとわたしが、フェルムとともに駆《か》けつけました。

かわいそうな雄牛《おうし》のアダム・エンゲルブレクトは、牛小屋のすぐ後ろのクローバーの生えている放牧地にいました。おなかがいつもの倍くらいにふくらんでいて、苦しそうなうなり声をあげていました。もうれつな胃けいれんを起こしているようです。家畜《かちく》がクローバーを食べすぎておなかにガスがたまる鼓腸《こちょう》症《しょう》と呼ばれる病気は、かなりひんぱんに起こるのだと、あとになって知りました。これは、命にかかわる重病なのです。

わたしは、どちらに同情すればいいのかわかりませんでした。おそろしく痛そうなうなり声をあげているアダム・エンゲルブレクトか、それとも、そばで手をもみしだき、はらはらしながら立っている父さんか。

「浣腸《かんちょう》してやるわけにはいかないの?」シャスティンが不安そうに言いました。

ちょうどそこへヨハンが、百メートル走の選手のような速さで飛んできました。

「馬鹿《ばか》なことを言うな」父さんが打ちのめされた様子で、シャスティンに言いました。「家から拳銃《けんじゅう》を取ってきて、撃《う》とう。こんなに苦しんでいるのは、見るに耐《た》えん」

けれどもその時、ヨハンがいつものように落ち着いた声で言いました。

「そんなことは、しねえ方がええと思うだ」

そしてポケットから、見慣れない道具を取り出しました。あとから、これは套管針《とうかんばり》と呼ばれる道具だとわかりましたが、ヨハンはそれを力まかせに、アダム・エンゲルブレクトの横っ腹《ばら》につきさしたのです。おなかに穴が開き、あーら不思議、ガスが抜《ぬ》けて、アダム・エンゲルブレクトは命を取りとめました。

これを見たわたしは、ヨハンがますます好きになりました。いざという時にちゃんと助けてくれる、頼《たよ》りになるありがたいヨハン。父さんは、ヨハンとアダム・エンゲルブレクトの両方を、かわるがわるぐいぐい抱《だ》きしめていました。それからわたしたちは、パセリ詰《づ》めのスズキを食べに戻《もど》りました。

「こんなにおそろしいことがつづくと、理性を失うことなく健康なままで、いつまで耐《た》えられるものかと、考えてしまうよ」と、父さんは言いました。

父さんはいつも、家畜《かちく》に何か悪いことが起こらないかと、ちょっと心配しすぎです。毎日夕方には、すべてがうまくいっているかどうかたしかめようと、農場の敷地内《しきちない》を歩いてまわります。たいていは、家族もみんなついていきます。

この夕方の見まわりが、わたしは大好きです。家族のあいだで話もはずむし、父さんはライ麦がうまく育っている様子や、特別なクローバーが生えているのを、わたしたちに見せるのがうれしくてたまらないようだからです。みんなで牧場や草原、牧草地まで足をのばし、牛がなめる塩がちゃんとあるか、子羊がみんなちゃんとそろっているかを確認します。父さんは羊や子羊の数を数え、終わると次の牧場へ向かい、四頭の馬——それに子馬が一頭——がいるのをたしかめると、次の牧場では雌牛《めうし》や子牛を数えます。

「帰って、雌豚《めすぶた》の数も数えたらどう?」と、母さんがからかいます。雌豚《めすぶた》は一頭しかいないのです。

シラカバのあいだの緑の草地で、牛たちが寝《ね》そべったり、草を食《は》んだりしているのを見、雌牛《めうし》のエールフムラが歩くたびに首につけた鈴《すず》がリンリンと鳴るのを聞けば、どんな人でもきっとなごやかな気持ちになるでしょう。わたしに絵の才能があって、夕日のもと、新緑の牧場にいる牛たちを一枚のカンバスにうまく描《か》けたらいいのに、とよく思います。絵には、『田園牧歌』とか、『シラカバのあいだで草を食《は》むエールフムラ』とか、『スウェーデンの牛馬のたそがれ時ののどかさ』なんて題をつけるのです。

「シャスティンとバーブロに、搾乳《さくにゅう》のしかたを覚えてほしいんだが……」ある日、いつもの夕方の見まわりの時に、父さんが言いました。「エディトやフェルムのおかみさんの都合が悪くなった時に、かわってくれる人がいるとありがたいからな。なにしろ、うちには搾乳機《さくにゅうき》がないから……」父さんはため息をつきました。搾乳機《さくにゅうき》を持っている人がうらやましいのです。

シャスティンとわたしは、父さんが搾乳機《さくにゅうき》のことでこれ以上くよくよ悩《なや》まないですむように、乳《ちち》しぼり女になろう、とその場で決めました。父さんは前の日の夕方に、サムエルソンさんの農場、ブロムキュッラを訪ねて、リルハムラにはない機械類をいろいろ見てきたところだったのです。

「うちには、サイロなんていう生の牧草を貯蔵する設備もないし……」と、父さんは絶望したように言いました。わたしたちはだれも、サイロなんてどんなものだか、さっぱりわかりませんでした。でも、父さんの次のお誕生日にプレゼントしてあげよう、とわたしは考えました。

父さんの説明によると、サイロというのは、冬のあいだ牛に新鮮《しんせん》な緑の牧草をやるための、貯蔵用の設備だそうです。クローバーや牧草を水槽《すいそう》のような大きな容《い》れ物の中にいっぱい詰《つ》めこんで、酸《さん》を上からまいて密閉しておくと、腐《くさ》らずに冬じゅうもつのだそうです。この設備がないせいで、うちの家畜《かちく》たちは冬に新鮮《しんせん》な牧草をもらえない、と思うと、ひどくかわいそうでしたし、家畜《かちく》たちが無言でわたしたちを責めているような気がしました。わたしは、もうエールフムラの目をまともに見られない、と思いましたが、わざと乱暴にエールフムラに声をかけ、気がとがめるのをまぎらわそうとしました。

「今じゃ牛だって、ほしいものをはっきり言ってもいいのよ！　新鮮《しんせん》な草が一年じゅう食べられるなんて、知らなかったでしょう！」

けれど、まもなく父さんは心配ごとを払《はら》いのけ、昔知っていた自分だけの「野イチゴの場所」をさがすことにしました。牛の牧場には、とびぬけてすばらしい野イチゴの場所がいくつかあった、というのです。でも、野イチゴの生える場所というのは、年月が経《た》つにしたがって少しずつ動いていくらしく、なかなか見つかりません。

ようやく、大きな石垣《いしがき》のそばで、すばらしい野イチゴの場所が一つ見つかりました。野イチゴの花がいっぱい咲《さ》いていて、まだ青い実や、すっかり熟した実もたくさんありました。父さんの方を見ると、思ったとおり目に涙《なみだ》を浮《う》かべていました。

「ある日曜日の朝、ここでたっぷり一リットルの野イチゴを摘《つ》んだんだよ。それを家に持って帰って、おばあちゃんにあげたんだ」震《ふる》える声で、父さんは言いました。

すぐそばには、りっぱなシラカバの古木がありました。父さんは、小さい時にはいつもこの木に登っていたんだ、と言うなり、靴《くつ》と靴下《くつした》をひったくるように脱《ぬ》ぎ捨《す》てると、さっそく登りはじめました。かなり苦労しながらも、どんどん登っていき、木のてっぺんまでなんとかたどり着くと、勝ちほこった雄鶏《おんどり》のような声で叫《さけ》びました。

わたしとシャスティンも、父さんのあとから登っていきました。でも、母さんは柵《さく》にもたれて、子どもみたいにはしゃいでいる父さんを見あげ、家族の中で少なくとも一人、地に足のついた人がいるのはありがたいでしょ、と言っていました。

木の上からのながめは、とてもきれいでした。リルハムラの土地は高いところにあるので、何十キロも先まで、いくつもの農場や村がつらなって見えるのです。あちこちに湖の水が輝《かがや》いているし、遠くの森は青く光っています。雄大《ゆうだい》なながめのせいか、父さんはいっそう気分が高まったらしく、木を下りはじめながら、がなるような大声で歌いだしました。

「スウェーデン、スウェーデン、スウェーデン、わが祖国よ……われらがあこがれの地、われらが地上のふるさとよ……」（ベルナール・フォン・ヘイデンスタム〔一八五九―一九四〇。一九一六年ノーベル文学賞受賞〕作詞、ヴィルヘルム・ステンハンマー〔一八七一―一九二七〕作曲の『スウェーデン』という歌）

それから父さんは木にしがみついて、つづけました。

「昔、戦火で燃えた土地に、今では牛の鈴《すず》の音が……」

ドスーンという、奈落《ならく》の底に落っこちるような音がして、歌はそこでとぎれました。木の葉の茂《しげ》みを通りぬけて、流星のように地面に落下したのは、もと陸軍少佐《しょうさ》であり、農場の主であり、剣《けん》の勲章《くんしょう》騎《き》士団《しだん》（一七四八年にフレデリック一世王が設立した騎士団）の騎士《きし》の肩《かた》書《が》きも持つ父さんでした。父さんはちょうど母さんの足もとに落っこちて、子どもには聞かせられないような汚い言葉を並べていました。まだ木の上にいたわたしたちは、笑いもせず、あーあ、とため息をつきました。

母さんは、たいした怪我《けが》をせずにすんだのはまったく奇跡《きせき》だったわよ、と父さんに言いました。すると、打ち身を調べながら父さんが嘆《なげ》きました。

「あの枝は、昔は支えてくれたんだがなあ」

「きっとそうでしょうね、ニルス。でもその時は、あなたも今より少なくとも七十キロは軽かったはずよ」

翌朝、わたしたちはさっそく乳《ちち》しぼりを習うことになり、おそろしく早い時間、つまり五時にはもう起き出しました。空気も冷たいそんな時間に温かいベッドから出るのは、かなりつらいものでした。わたしたちはちょっと温まろうと、エディトのいる台所へ駆《か》けこみ、それから、フェルムのおかみさん、エディト、シャスティンとわたしで、ミルクの容器などを持って出かけました。

露《つゆ》が下りていて、空気の澄《す》んだ、さわやかな朝でした。牛の牧場の近くの〈美しが原〉という草原には、ちょっとロマンティックな見かたをすれば本当に踊《おど》っている妖精《ようせい》に見えそうな、かろやかな霧《きり》のベールがふわふわと漂っていました（北欧の民間伝承では、妖精は夜中に草原で踊るといい、霧は踊る妖精の姿だと考えられている）。

みんなで乳牛をさがし出すまで、少し時間がかかりました。当然のことながら牛たちは、乳《ちち》しぼりをする小屋の近くだけをうろついているわけではないのです。でも、そんなことはなんでもありません。わたしも牧場の中を歩いたり、お日さまが木々の葉のあいだでたわむれるのを見たり、いろんな小鳥がそれぞれの声で鳴くのを聞いて、うれしかったのですから。

やがて、エディトが「雌牛《めうし》ちゃん、かわいい雌牛《めうし》ちゃん」と大声で呼ぶと、モーッ、モーッと返事が返ってきました。そしてエールフムラを先頭に、雌牛《めうし》の群れがのそのそと、ゆっくりした歩みで近づいてきました。

わたしたちは牛たちを小屋の中に入れると、柵《さく》にかけてあった乳《ちち》しぼり用の小さな腰《こし》かけを取って、それぞれの牛のそばにすわりました。わたしには、モナリザという牛が割りあてられました。モナリザはお乳をしぼるのが一番らくだ、とエディトは言っていました。わたしは、さあ、温かいミルクが容器の中にシューッと流れてくるぞ、と期待しながら、自信満々でしぼりはじめました。

ところがどうしたことか、一滴《いってき》も出てきません。わたしはもう一度、エディトがどんなふうにしぼっているのかをちゃんと観察して、やってみました。でも、結果は同じです。最初の日に三頭くらいは搾乳《さくにゅう》してみせる、というわたしの大計画を、牛どもがわざと邪魔《じゃま》しているのではないか、という気がしてきました。それでも、わたしはまだあきらめる気はありませんでした。モナリザなんかになめられて、黙《だま》ってはいられません。その時、モナリザが尻尾《しっぽ》をわたしの首に、温かいマフラーのようにふわりと巻きつけてきました。けれども、ミルクはぜんぜん出しません！　エディトは笑いすぎて、腰《こし》かけから落っこちそうになっていました。

わたしはモナリザをぐっと押《お》し、良家の牛だってことを証明する最後のチャンスよ、と言ってやりました。それなのにモナリザは、最後のチャンスをのがしても平気らしく、顔をこちらに向けて、じろりとわたしを見ただけでした。搾乳《さくにゅう》が簡単だと言われる牛のモナリザのこの目つきにくらべれば、パリにある絵の本物のモナリザの目つきなんか、謎《なぞ》に満ちているとはぜんぜん言えません。わが家のモナリザも、ほほえむことができるならほほえんでみせるだろう、という気がしました。

このモナリザが搾乳《さくにゅう》の簡単な牛だって言うのなら、搾乳《さくにゅう》の難しい牛をやってみたいものだわ、とわたしはエディトに言いました。今では家畜《かちく》というものの意地悪さにすっかり慣れていたので、どんなことにも耐《た》えられそうな気がしたのです。

けれども、ほかの牛をしぼってみても、うまくいきませんでした。父さんの牧場にいるのは、乳牛の中でもとくにできの悪い牛ばかりに違《ちが》いありません。

ところがひどくショックなことに、シャスティンの方は、じつにうまくこつをつかんでいました。シャスティンは、逆立ちして足の指で鼻の穴がほじれるようになったとしてもこれほど得意がりはしないだろうと思うような、えらそうな調子で言いました。

「わたしには、生まれつき才能が備わっていたらしいわねえ」

わたしは、わたしの才能はもっと高尚《こうしょう》なことにあるのよ、あんたが必死で働いているのを見るだけでわたしの労働のつらさはじゅうぶんむくわれるわ、と言ってやりました。

フェルムのおかみさんは歯をぎゅっと食いしばるようにして、すごい力で乳をしぼっています。おかみさんのしぼっている牛は、自分のミルクを一滴《てき》残さずおかみさんに差し出すために生まれた、とでもいわんばかりです。
エディトは歌っていました。いつも仕事をしながら歌っていますが、けさの歌は、乳《ちち》しぼりをする時にぴったりの特別な歌でした。歌詞はひどく悲しい愛の歌なのに、メロディは行進曲のようにきっちりとした拍子《ひょうし》で、元気が出るものなのです。歌のせかせかした拍子《ひょうし》に合わせて、ミルクがいきおいよく出てきます。

軽騎兵《けいきへい》の若者が、家へと馬を駆《か》っていた、
戦場から、早くのがれたかったから。
最初に出会った村人に、若者はたずねた、
愛《いと》しい人は生きているか、死んでしまったかと。
ああ、もちろん生きている、しかも、とても幸せに、
なぜって今日は、彼女《かのじょ》の結婚式《けっこんしき》だから。
兵士は、天国の鳥よりまだ速く、さらに馬を走らせた、
もちろん、愛《いと》しい人と会いたかったから。

その後、兵士と彼《かれ》の愛《いと》しい人がともに血にまみれて死ぬ、という悲劇的な結末まで歌が進むと、

乳《ちち》しぼりも完了《かんりょう》というわけです。

わたしは、乳しぼりの交代要員にはなれずじまいでした。シャスティンと一緒《いっしょ》に、ミルク桶《おけ》を手押《てお》し車にのせて押《お》しながら家に帰る途中、わたしは、機械による搾乳《さくにゅう》の有利な点をあれこれ並べたてました。政府は国内の農家に対してきちんとした指針を示し、すべての畜産《ちくさん》農家に搾《さく》乳機《にゅうき》を備えつけるように指導すればいいのに、と。そうすれば、創造物の頂点であるご主人さま、つまり手みじかに言うとこのわたしに、牛たちが好き放題に逆らうなどという、みじめな状《じょう》況《きょう》は解消されるのに……。

けれどシャスティンは、わが国の農家が必要とする唯一《ゆいいつ》の指針は、搾乳《さくにゅう》なんていう難事業からあんたをはずして、もっと簡単な仕事につかせることよ、と言いました。

8

最近わたしは、ビヨルンと一緒《いっしょ》にいる時間がずいぶんふえました。遅《おそ》くまで明るい六月の夕暮れに、村の中をすみずみまで一緒《いっしょ》に歩きまわっているのです。日によっては、何十キロも歩いているかもしれません。自然の中だとらくらくと歩けるのは、まったく驚《おどろ》きです。牧場の草の上や、マツやモミの木の下に積もった針のような葉のじゅうたんの上なら、どんなに大股《おおまた》でたくさん歩いても疲《つか》れないのです。都会でこんなに歩きまわったら、足の爪《つめ》がみんな割れてしまうことでしょう。

ある夕暮れ、ビヨルンはもう使われていない風車を見に連れていってくれましたし、またべつの夕暮れには、まったく違う方向に歩いて、渓谷《けいこく》を見に行きました。渓谷《けいこく》の斜面《しゃめん》を下るのはとても愉快《ゆかい》でしたし、一緒《いっしょ》に、感動するようなものをいっぱい見ました。ビヨルンはともかく、わたしのような都会育ちのかわいそうな子は、このうえなく豊かでぜいたくな自然の美しさにまだあまり慣れていないため、感動しっぱなしでした。岸辺にピンク色の小さなサクラソウがびっしりと咲《さ》いている小川を見つけた時には、うれしさのあまり大声をあげてしまいましたし、ある時など、子ギツネたちを連れたお母さんギツネに出くわしたこともありました。キツネたちはあわてて石垣《いしがき》の陰《かげ》に隠《かく》れてしまいましたが、これはわたしにとってはすごいできごとだったので、それから何日ものあいだ、会う人ごとにかたっぱしから自慢《じまん》してしまいました。

リルハムラのまわりの森には、たくさんの鳥がいます。わたしは、オオライチョウがびっくりした時にたてるやかましい音を聞けば、それとわかるようになりました。来年の春には、朝早く出かけて、クロライチョウの雄《おす》が交尾《こうび》の時にたてる鳴き声を一緒《いっしょ》に聞こう、とビヨルンは約束してくれました。わたしは、できるだけたくさんの小鳥の姿や鳴き声を覚えたくてたまりません。学校に通っていたころ、生物なんて死ぬほど退屈だと思っていたのはなぜか、今ではもう思い出せません。

このあたりの人とも、たくさん知りあいになりました。とりわけ、かつてリルハムラで働いていて、今もたまに手伝いに来てくれるお百姓《ひゃくしょう》のスヴェン・スヴェンソンさんとおかみさんのところへは、しょっちゅう行くようになりました。スヴェンソン夫妻は、お金を払《はら》ってさがしてもこれほどすてきな老夫婦は見つけられない、という気がする人たちです。二人は、父さんがまだ小さかったころのことを覚えていて、わたしとビヨルンにジュースやクッキーをごちそうするのは当然だ、と思っているようです。この夫婦の家は、背の低い、いかにもスウェーデンらしい赤い家で、本当にかわいいので、アメリカに移住したスウェーデンの人たちが見たら、きっとなつかしさのあまり泣いてしまうことでしょう。家はケマンソウやニオイスミレに囲まれていて、窓からは、手入れの行き届いた庭や畑が見えます。菜園の手入れのしかたをスヴェンソンさんたちに教えてもらったわたしは、シャスティンと一緒《いっしょ》に家の畑のアカザをいいかげんに抜《ぬ》いたことを思い出し、恥《は》ずかしくなりました。

スヴェンソンさんの農家の向こうには、クヴァルンブー湖という小さな湖があります。そこには魚がたくさんいるので、わたしとビヨルンは、夕方よく釣《つ》りをします。わたしも自分の釣竿《つりざお》を買いました。ビヨルンが、いつも釣糸《つりいと》や釣針《つりばり》やおもりをつけるのを手伝ってくれますし、えさのミミズもつけてくれます。わたしは、ミミズが大の苦手なのです。

二人でそれぞれ石の上にすわって、浮《う》きをじっと見つめながら打ち明け話をしていると、時は信じられないほどゆったりと流れていきます。たいていは、魚を驚《おどろ》かせないように、ささやくような声で話します。そんな時わたしは、自分自身のこと——心の奥《おく》にしまっていた気持ちや考えなど、シャスティン以外のだれかに話すなんて夢にも思わなかったことまで、次々に気軽にしゃべってしまいます。ビヨルンも、包《つつ》み隠《かく》さずいろんなことを話してくれます。

もちろん、シャスティンとエーリックと一緒《いっしょ》に出かけることも、よくあります。そうすると、たいていみんなでわいわい言いあって、にぎやかで楽しい雰囲気《ふんいき》になります。ただし、エーリックが世界の政治とか、地方の住宅状況《じょうきょう》とか、ほかにも自分の知っている知識を披露《ひろう》したがり、しゃべりまくらなければ、ですが。そうなると、わたしとシャスティンは口をはさむすきがなくなり、人の話を聞く練習だと思って、黙《だま》っています。ビヨルンもたいていはおとなしく、ひかえめにしていて、たまにちょっと皮肉っぽい言葉をはさむぐらいです。

エーリックは時々、わたしたち三人をブロムキュッラに招《まね》いてくれます。ブロムキュッラにある驚異《きょうい》の性能を備えた設備を見るたびに、わたしとシャスティンの目は釘《くぎ》づけになってしまいます。まったく、この農場には、トラクターや搾乳機《さくにゅうき》、二基のサイロ、自動束《たば》ね機、それに、何に使うのかわたしにはわからないような機械まで、すべて最高級のものがそろっていました。それに、すみずみまで手入れがゆき届《とど》いています。エーリックが、自分でぴかぴかにブラシをかけた乳牛やよく肥《こ》えた豚《ぶた》、それに何世代にも渡って身につけてきた腕前《うでまえ》のたまものと言える、みごとに実った穀物などを見せる時、たいそう誇《ほこ》らしげなのは当然です。でも、いつかはリルハムラもこんなすばらしい農場にしようね、とわたしとシャスティンは約束していました。

もちろん、四人そろって自転車で出かけることもあります。しばらくすると、四人が自転車で通らなかった道は、村じゅうに一本もなくなりました。地図に載《の》っていないような細くてぐねぐね曲がっているような道とか、丘《おか》を越えるでこぼこ道などを、すべて走りまわったのです。いたるところに、大昔からあったように見える古い農家があり、いたるところで、親切な人たちに出会いました。ミルク工場で知りあいになったお百姓《ひゃくしょう》さんたちの畑や家に行きあたると、どの人もみんな、驚《おどろ》くほど暖かくもてなしてくれました。たぶん、エーリックが一緒《いっしょ》だからでしょう。

エーリックはこのあたりのどこの家にとっても、息子みたいなものなのです。しまいには、この村のことならなんでも知っている、という気がしてきました。あたりの風景は、今まで見たことのあるどこよりも美しく、人々もみんな思いやりがあります。自分がよそ者だという気なんかぜんぜんしません。生まれてからずっとこの村の人間だった、という気がするくらいです。

さて、湿気《しっけ》が多く蒸《む》し暑い六月中旬《ちゅうじゅん》の夕暮れ、いつものようにビヨルンとエーリックが訪ねてきました。シャスティンとわたしは、〈サクランボの住みか〉の前の芝生《しばふ》で横になり、陸にあがった魚のように口をぱくぱくさせてあえいでいました。シャスティンが、力なげにエーリックたちに手を振《ふ》って言いました。

「散歩に出かけようなんて、言わないでね。そんなことしたらわたし、死んじゃうかも」

「違《ちが》うよ。バドミントンしないかと思って……」元気いっぱいのエーリックが言いました。エーリックは最近、ブロムキュッラの羊の牧場の中のたいらな場所に、バドミントンのネットを張ったところだったのです。シャスティンはいやそうにエーリックを見ただけで、何も言いませんでした。それから、ひじをついて体を起こすと、ビヨルンに向かって声をかけました。

「ビヨルンは、本当にバーブロが好きなのね！」

「どうしてそう思うの？」ビヨルンは落ち着いて、さりげなく聞き返しました。

「だって、熱射病の危険がある今日みたいな日に、坂をいくつも自転車で上って、会いに来たじゃない」

わたしはまっすぐ空を見つめて、聞こえないふりをしていました。

「運動が好きだからさ」と言うと、ビヨルンはからかうような目つきで、こっそりわたしに目くばせしました。

そのあとしばらくして、エーリックとシャスティンが、エーリックの時計が止まったとか、止まっていないとか言って騒《さわ》いでいるすきに、ビヨルンはわたしの手を取って、すばやくチュッとキスをしました。とたんにわたしは、生まれつき調子に乗りやすい性格のせいか、結婚式《けっこんしき》の時にかぶるのはミルテ（ギンバイカともいう。〈祝いの木〉と言われ、結婚式の花輪に使われることが多い。ギリシャ神話では神木、不死の象徴とされる）の花の冠《かんむり》と、村の教会で貸してもらえる水晶《すいしょう》の飾《かざ》りのついた金の花嫁《はなよめ》の冠《かんむり》と、どちらがわたしに似合うかしら、と迷いはじめました。

エーリックが、とにかく自転車で出かけよう、と言いだしたので、わたしの迷いもそこまでになりました。エーリックは、自転車に乗ればとりあえず風にあたれる、と言うのです。ちょっと相談したあと、みんなで出かけることになりました。

〈町〉からの道を、ブロムキュッラやリルハムラを通りすぎてさらに五キロほど行くと、豪華《ごうか》な農場、モストルプがあります。モストルプには、三階建てのすてきな白亜《はくあ》のお屋敷《やしき》や英国式の庭園、美しいと評判のあずまや、七十頭も乳牛のいる牛小屋などがあります。ここでは、ミルクはトラックで工場まで運び、お屋敷《やしき》の人たちが外出する時は、運転手つきの七人乗りの大きなアメリカ車を使うのです。その車は、リルハムラの前は通らず、〈町〉までの近道であるべつの広い道を行きます。

シャスティンとわたしは、もう何度もモストルプの前を自転車で通ったことがありましたが、ここの家の人で会ったことがあるのはたった一人、わたしたちに舌を出してみせた、十歳《さい》ぐらいの感じの悪い男の子だけでした。モストルプにはわたしたちと同じ年ごろの女の子が二人いることは知っていましたが、残念ながら、その子たちには会ったことがありません。

さてこの日、わたしたちはモストルプの方角へ自転車をこいでいきました。自転車に乗れば多少とも風にあたれる、というエーリックの楽天的な考えは、まったく根拠《こんきょ》のないものだとわかりました。長いあいだ雨が降っていないのに空気はしめっていて、風はぜんぜんなく、体じゅうにしっけた温かい服をまとっているような感じがしました。モストルプの前を通りすぎてちょっと行った時、後ろの空が分厚いおそろしげな雲におおわれているのに急に気づきました。もうじき雷《かみなり》が鳴りだすと思ったので、わたしたちは急いで家に帰ることにしました。

ところが、遅《おそ》すぎたのです。ちょうどモストルプの真ん前の幅《はば》の広い下り坂を走っている時、雷《かみなり》がゴロゴロドカーンと炸裂《さくれつ》したのです。あんなにひどい雷《かみなり》は初めてでした。雨も激しく降りだして、目の前の道も見えなくなりました。重い鉛色《なまりいろ》の空に、ピカピカと絶えず稲妻《いなずま》が走り、稲妻《いなずま》のあとには、ドカーンとものすごい雷《かみなり》が落ちるのです。まるで地獄《じごく》のようでした。

ふいに、シャスティンがキャーッと叫《さけ》び声をあげました。自転車のタイヤが滑《すべ》って道からはずれ、溝《みぞ》につっこんでしまったのです。わたしたち三人はすぐにブレーキをかけて自転車を降り、シャスティンを助けに戻《もど》りました。

片方のひじをかなりすりむいていて、打ち身もいくつかできていましたが、怪我《けが》は心配したほどひどくはありませんでした。それより、自転車の方がひどいありさまでした。前輪はまるで数字の8のようにねじれているし、後ろのタイヤは空気が抜けてぺしゃんこになっています。

「毎日、何かしら楽しいことが起こるわね」シャスティンはこわれた自転車をながめ、すりむいた傷を見、空をちらっと見あげて言いました。まだまだ、ザーザーとものすごい雨が地面にたたきつけています。

「赤カブにはいい雨ね」と、わたしは言おうとしたのですが、そのとたん、またゴロゴロドカーンと雷《かみなり》が鳴ったので、言う気をなくしてしまいました。

「行こう、モストルプで雨宿りさせてもらおうよ」ビヨルンが言いました。「アンもヴィヴェカも、きみたちと知りあいになれて喜ぶよ」

どしゃ降《ぶ》りの中を五キロも歩いて帰りたくなければ、ほかに選択《せんたく》の余地はありません。五分後には、モストルプのお屋敷《やしき》の広い階段を上っていく華麗《かれい》な集団の姿がありました。青ざめた顔のまわりにはぼたぼたしずくのたれる髪《かみ》、体じゅう乾《かわ》いているところなんてどこにもないほどずぶ濡《ぬ》れで、玄関扉《げんかんとびら》の前に立っていると、足もとには湖ができそうでした。

犬が激しく吠《ほ》えたて、おそろしい雷鳴《らいめい》がとどろき、窓ガラスがガタガタと音をたてたので、シャスティンはあまりの怖《こわ》さに叫《さけ》び声をあげました。その時、ドアが開いて、赤いジャンパーを着た、今まで見たこともないほど澄《す》んだきれいな灰色の瞳《ひとみ》をした女の子が、吠《ほ》えたてるエアデールテリアと一緒《いっしょ》に出てきました。

「あらあら、まあ」女の子が口を開くと、すかさずビヨルンが言いました。

「やあ、ヴィヴェカ。あわれな浮浪者《ふろうしゃ》が四人やってきました。どうかお慈悲《じひ》を」

ヴィヴェカは、まさによきサマリア人《びと》（新約聖書『ルカによる福音書』にある話。サマリア人が敵対していたユダヤ人を助ける話から、苦しんでいる人に手を差しのべる人のことを言う）のようでした。さっとシャスティンのそばに行ってひじの傷を調べると、「すぐに手当てをしなくちゃ」と言って、わたしたちを玄関《げんかん》ホールの中へ押《お》しこむと、ありったけの声で呼びました。

「アーン、アン、侵入者《しんにゅうしゃ》よ！　手を貸して！」

二階の階段の上に、アンという名前らしいもう一人の女の子が姿を現しました。ああ、なんて美しいんでしょう！　わたしがいつもこんなふうになりたいと思っていたのと、そっくりの姿です。やさしそうな青い瞳《ひとみ》、きれいな形の鼻、輝く金髪《きんぱつ》……。アンのまわりには、後光が差しているようでした。でも、アンのすぐあとからもう一人、階段の手すりを滑《すべ》って下りてきた子がいました。以前出くわしたことのある、例のいやなチビです。チビはわたしたちのすぐ近くにドスンと飛びおりるなり、言いました。

「何か用かい？　ママもパパもいないよ！」

まったくこのチビは、すぐにでもつねってやりたくなるほど生意気でした。けれども、アンとヴィヴェカはやさしくて、とても親切でした。

シャスティンは傷に包帯を巻いてもらい、わたしたち全員がずぶ濡《ぬ》れの服を脱《ぬ》いで、貸してもらったパジャマとガウンに着替《きが》えました。それからロールキャベツみたいに毛布にくるまって、ベランダにある快適な折りたたみ式の寝椅子《ねいす》にのんびりともたれ、いれてもらったお茶を手に、外で荒《あ》れ狂《くる》う自然の壮大《そうだい》なドラマをながめました。冷えきった手足に温かみが戻《もど》ってくるのを感じているうちに、どしゃ降りの雨と風はしだいにおさまり、雷《かみなり》もゴロゴロと鈍く鳴るだけになってきました。でも、雨はまだ降りつづいており、地平線のあたりでは稲光《いなびかり》がぴかぴかと光っています。鈍い雷鳴《らいめい》と雨のカーテンの中、わたしたちは温かくして、気持ちよくすわっていました。雨どいを伝う激しい水音は耳に心地よく、ヴィヴェカたちとも打ちとけて、四人とも元気で楽しい気分になってきました。

ちょうどその時、表の階段の上に、もう一人濡《ぬ》れねずみが現れました。あとでわかったことですが、この人は、生意気なチビのクラースの家庭教師をしているトルケルという学生さんでした。わたしたちと同じように雨に降られて大変な目にあったトルケルも、たちまち、ガウンと毛布にくるまって、ロールキャベツごっこの仲間入りをしました。

こんなぐあいにとつぜん知りあいになったのですが、シャスティンとわたしは、アンとヴィヴェカと本当にいい友だちになれそうな気がして、うれしくてしかたがありませんでした。時には、男の子たちとは話せないことがたくさんたまって、「女の子だけで」思いっきりおしゃべりしたくなるからです。それに母さんは、シャスティンとわたしにいつもこう言って聞かせていました。

「女の子は、男の子に人気があるだけではだめよ。大切なのは、女の子からも好かれているってこと」

というわけで、シャスティンとわたしはヴィヴェカとアンを好きになりましたし、二人もわたしたちを気に入ってくれたようなので、安心しました。

やがて雨はあがり、お日さまが顔を出しました。そこらじゅうの花や葉っぱの上で、雨のしずくがきらきらと光っています。やっと大地の乾《かわ》きがおさまったように感じられ、あたりはとてもきれいに見えました。庭の茂《しげ》みの中では、弓と矢で武装したチビのクラースが水泳パンツ一丁で走りまわっていました。クラースは大声を張りあげていたかと思うと、とつぜんわたしの椅子《いす》の後ろから顔をつき出して叫《さけ》びました。

「土曜日にはぜったいに人殺しをしないってのが、大草原の厳しい掟《おきて》なんだ」

チビのクラースの顔つきから判断すると、わたしなんか殺されても当然なのに、たまたま今日は土曜日だったから命拾いした、ということのようでした。まったく、たとえたのまれても、トルケルのかわりにクラースの家庭教師をしようとは思いません。

アンとヴィヴェカが、近いうちにまた会いましょうよ、と言いだし、まずは、毎日午後わたしとシャスティンが自転車で来て、テニスを二、三時間するのはどうかしら、と提案しました。わたしたちが、月曜日には赤カブの間引きをはじめなくちゃいけないから、残念ながら来られない、と言うと、アンたちはとても驚《おどろ》いたようでした。わたしとシャスティンが、毎日夕方には父さんたちと一緒《いっしょ》に牧場の見まわりをする、というのも、ひどく変わっていると思ったようです。行きたくなくても行くことになってるの、と説明すると、二人は心から同情してくれて、あんたがたの両親は厳しくてひどい人たちね、とあわれんでくれました。

わたしはちょっと考えてしまいました。働かなくちゃならないというのは、本当にそんなにかわいそうなことかしら？　みんな働いているじゃない？　エーリックはたぶん、この中のだれよりもたくさん働いているし、ビヨルンも朝の七時から夕方の五時まで工場で油にまみれて働いているし、シャスティンとわたしだって、この二人ほどではないけれど、自分の力に応じてそれなりに働いているのです。

わたしはシャスティンの顔を見ました。べつに疲《つか》れすぎているようにも、無理やり働かされているようにも見えませんでした。それどころか、こんなに小麦色の肌《はだ》をして元気そうなシャスティンは、見たことがないくらいです。わたしは、自分も同じだとわかっていました。去年までは何年かつづけて、夏に西の海岸へ旅行したけれど、今年の夏の方が、去年までの二倍は楽しいじゃない？　ハイキングに行って、岩の上に寝《ね》そべって日光浴をして、ヘビのように皮がむけるまで肌《はだ》を焼くなんて、人生で最高の幸せなんじゃない？

その時シャスティンが、わたしの言おうとしていたことを、堂々とした調子で先に言ってのけたのです。

「人生で最高の幸せは、働くことじゃないかしら？」

シャスティンは、例のつなぎズボンの話の時に母さんが言ってくれた言葉をうまく使って、りっぱな演説をつづけました。シャスティンがしゃべり終えた時には、わたしたち二人はとても優秀《ゆうしゅう》な働き手で、リルハムラの存続にとって欠くことができない労働力だ、ということが、全員の頭にしみこんでいました。本当のところ、自分たちが一時間あたりいくらになる働きをしているか、働かずにいる時間にどれだけの金額を浪費《ろうひ》しているかと考えると、わたしはちょっぴり恥《は》ずかしくなったほどです。

夜になって、大型の乗用車で帰ってきたアンたちの両親は、ベランダに、娘《むすめ》たちのほかにも、ロールキャベツみたいに毛布にくるまった若者が何人もいるのに気づきました。そのころには、服もなんとか乾《かわ》いていたので、みんな急いで着替《きが》え、ていねいにお礼を言いました。

アンたちの両親は、また来るようにとしきりに誘《さそ》ってくれました。シャスティンの自転車は、明日、モストルプのミルク運びのトラックにのせて、〈町〉の修理屋さんに運んでもらえることになりました。シャスティンはエーリックの荷台に乗り、わたしたちはさわやかな風の中、雷騒《さわ》ぎで疲《つか》れたためか、ふらふらと自転車をこぎながら家路《いえじ》につきました。

9

そして月曜日。わたしたちは全員で、赤カブの間引きに取りかかりました。そろそろ間引きをしなくてはいけない時期でした。赤カブの畑はかなり広いうえ、牧草の刈《か》り入れの時期も目の前にせまってていたからです。

ヨハンとウッレと、手伝いに来たスヴェン・スヴェンソンが、まず先に畝《うね》のあいだを歩いて、一面にカブの芽が出ている畝《うね》を、一定の間隔《かんかく》ごとに掘《ほ》り起こしていきます。つまり、畝全体に芽が出ていたのを、芽のない区画と芽が残っている区画が交互《こうご》になるようにするのです。そのあとをわたしたちが歩き、一区画の芽のうち一本だけを残して、あとは全部、情《なさ》け容赦《ようしゃ》なく抜《ぬ》いてしまうのです。残された一本は、風通しもよくなり、じゅうぶんお日さまを浴び、栄養もたっぷり取って、秋にはびっくりするほど大きく育つというわけです。エディト、シャスティン、わたし、それにフェルムの子どもたちのうち四人が、間引き係です。

赤カブ畑は、めまいがするほど広く見えました。ヨハンは、間引き係全員にそれぞれ二十本の畝《うね》を割りあてましたが、シャスティンとわたしは、自分たちに割りあてられた畝《うね》を一緒《いっしょ》にして、隣同士の畝《うね》で並んで作業をすることにしました。そうすれば、仕事をしながら、楽しくおしゃべりができるからです。

でも、わたしはすぐに乳《ちち》しぼりで負けたお返しをしたくなり、向こうの土手までどっちが速くたどり着けるか競争しない？　とシャスティンに言ってしまいました。土手は、まるで巡礼《じゅんれい》にとっての聖地メッカのように、遠くにかすんで見えました。二人は短距離走《たんきょりそう》の選手のような速さで進んでいきましたが、わたしがいくら赤カブの芽や雑草が宙を舞《ま》うほどがんばっても、なんでもわたしよりうまくやるシャスティンが、ぐんぐんわたしを引き離《はな》していったのは、しかたのないことでした。

ところがあとになってみると、この競争はわたしの勝ち、ということになったのです。ヨハンができぐあいを調べにまわってきて、シャスティンが赤カブの芽を二、三本ずつ残している区画がたくさんあるのを見つけたからです。シャスティンは、ヨハンは細かすぎるわよ、と文句を言いました。

「小さな赤カブはひとりぼっちじゃさびしがるってことが、ヨハンにはわからないの？　それに、二本ずつ並んでいると、かわいく見えるじゃない」

「馬鹿《ばか》なことを」ヨハンはシャスティンの言うことには取りあわず、全部やり直せ、と言ったので、最初の畝《うね》はわたしの勝ちということになりました。

しばらくすると、二人とも間引き競争をつづける気をなくしてしまいました。作業の速度が急に落ちてきたな、と思っていたら、シャスティンは地面に長々と横になってしまい、「横になるとよく考えられるの」と言いだしました。

けれどヨハンは、そんなふうに怠《なま》けるなんて許してくれません。

「そら、がんばれ！　怠《なま》けちゃいけねえよ！」ヨハンがはっぱをかけたので、わたしは言ってやりました。

「ヨハンは、ガレー船をこぐ奴隷《どれい》たちのまわりでムチを振《ふ》りまわす役にぴったりね。今でもガレー船がそこらの海にいて、雇《やと》ってもらえれば、だけど」

これを聞いても、ヨハンはただ愉快《ゆかい》そうに笑うだけで、ひたすら「そら、がんばれ！」と言いつづけました。

わたしたちはがんばりました。畑は雑草だらけ。赤カブの芽だけではなく、雑草ももちろん抜くのです。一番いやなのは、カモジグサ。一見きれいでやさしそうな草ですが、根が広く深く張っているのです。

「ねえ、この根っこは地球の中をまっすぐつきぬけていて、反対側にも芽が出てるんじゃないかしら？」とわたしが言うと、シャスティンもうなずきました。

「そうよ。そしてだれか意地悪な人が、そっち側の芽をひっぱって、わたしたちをいらいらさせようとしてるのよ」

お日さまが無慈悲《むじひ》にぎらぎらと照りつけ、一日の時間はのろのろと過ぎていきました。がんこなカモジグサとの戦いで、みんな手が疲《つか》れ、ひざが痛くなりました。目や耳や鼻にしょっちゅう土が入るし、喉《のど》の渇《かわ》くことといったら、まさに、水を求めてタクラマカン砂漠《さばく》（中国西北部にある中国最大の砂漠。面積三十二万平方キロメートル）を這《は》ったスヴェン・ヘディン（一八六五—一九五二。スウェーデンの地理学者、探検家。中国の奥地を踏査して楼蘭などの古代遺跡を発見した）さながらでした。

といっても、幸せを感じる時もありました。たとえばコーヒー休憩《きゅうけい》。この時ばかりは、全員が小川のそばの草地にのんびりすわりこみ、魔法瓶《まほうびん》やサンドイッチを取り出して、土で汚《よご》れた手でおいしいコーヒーをすったり、サンドイッチをコーヒーに浸《ひた》したりしながら、おしゃべりに花を咲《さ》かせます。たった一度のコーヒー休憩《きゅうけい》のあいだに、スヴェン・スヴェンソンやヨハンが口にする人生の知恵《ちえ》を、大学の先生が学生に教えようとしたら、少なくとも十回は講義をしなくてはならないことでしょう。

コーヒーを飲み終わっても、休憩《きゅうけい》時間はもうちょっと残っていました。こんな時ウッレは、いつもならとても楽しそうに、冗談《じょうだん》ばかり言っているのですが、今日はなんだか憂鬱《ゆううつ》そうでした。

「人間なんて、みじめなもんだ」ウッレは、訴《うった》えるような目つきでエディトを見つめながら言いました。「生きてても死んでても同じようなもんだ。どっちみち、おれが死んでも、だれが泣いてくれるわけでもないし」

わたしたちは、なぜウッレが生きる意欲をなくしているのか、よく知っていました。ブロムキュッラで働いているイーヴァルという例のライバルが、土曜日の夕方、こそこそとエディトに会いに来ていたのを、みんな知っていたからです。わたしはウッレを気の毒には思いましたが、ハンニチバナとハタンキョウの花のあいだであおむけになって、小さくて白い夏の雲を見つめていると、「人間なんて、みじめなもんだ」というウッレの意見に賛成する気にはなれませんでした。まったくその反対の気分！　赤カブの間引きや根っこのしつこいカモジグサ取りは大変だったけれど、それでも、たまたまこの地球に生まれ落ちたことが、心の底からうれしかったのです。火星の女の子に生まれていても不思議じゃなかったのに……。もしそうなっていれば、たぶん足指のあいだには水かきが、おでこには飛び出た大きな目が一つだけついていたことでしょうね！

ともあれ、ウッレの憂鬱《ゆううつ》は、エディトが輝《かがや》くような笑顔でさかんにコーヒーのおかわりをすすめたあとは、多少軽くなったようでした。

けれども、やはりその日は長くて、骨が折れる一日でした。家に引きあげるころには、全員がぐったりしていました。とくにシャスティンは疲《つか》れはてて不機嫌《ふきげん》になっていて、汚《よご》れたつなぎ服や、爪《つめ》の中にまで土が入りこんだ真っ黒な手をいやそうにながめると、こう言って嘆《なげ》きました。

「わたし、きれいな貴婦人になりたいわ。ナイロンの靴下《くつした》と高いヒールの靴《くつ》をはいて、おしゃれをして、文句のつけようがないほど魅力的《みりょくてき》で、香水《こうすい》の香《かお》りを漂わせているような貴婦人に。赤カブの間引きなんてしたくない！」

「人生で最高の幸せは、働くことじゃなかったの？」と、わたしはシャスティンに思い出させてやりました。ついおととい、土曜日の夜に、シャスティン自身がそう言って、短いけれど力強い演説をしたのを、この耳で聞いたばかりです。

「それはそのとおりだけど、わたしは、働くっていうのが今日みたいに土をほじくることだなんて、言ったつもりはないわよ。こんなに爪《つめ》が傷《いた》んだりしないような、ちょっとしたこぎれいな仕事のことを言ったの」

重々しい調子で演説するのは、今度はわたしの番でした。そんな子どもっぽい気持ちは捨てなくちゃ、どんな仕事だって、それがまっとうな仕事なら幸せなはずよ、と言って聞かせたのです。わたしはしゃべっているうちに気分がたかぶってきて、一足飛《いっそく》びに結論を出しました。つまり、人生の最高の幸せとは、赤カブの間引き――それ以外にはないのです。

しゃべっているうちに、広い道に出ました。ちょうどわたしが、両手を振《ふ》りまわして、外見のことなんか考えるのはやめてもっとまじめに働くことを考えなさいよ、とシャスティンにお説教をしていた時、曲がり角の向こうから、一台の赤い小さなスポーツカーが現れました。とたんにわたしは、たった今シャスティンにお説教したセリフも忘れて、自分の外見が気になってきました。そのスポーツカーが、わたしたちのすぐ横で荒《あら》っぽくブレーキをかけてとまり、車の中には、空軍の飛行士の制服を着た二人の若い男の人がいるのが見えたからです。

今まで見たことのない人たちでした。二人がわたしたちを見てブレーキをかけたのは、なかなか興味深いことでした。それにこの人たちは、なんだかリルハムラのことを知っているようでした。というのは、わたしたちがリルハムラの娘《むすめ》だと知ると、農場主、つまり父さんのことをいろいろと聞いてきたからです。

「いったいどんな人なんですか、もと陸軍少佐《しょうさ》は?」男の人の一人が、首をかしげて聞きました。

「あーあ、悪名高い児童虐待《ぎゃくたい》の犯人よ」と、シャスティンが答えました。「自分の血を分けた子どもすら、情《なさ》け容赦《ようしゃ》なく、朝から晩まであくせく働かせているんですからね!」

そのあとわたしたちは歩きだしましたが、男の人たちはまだしばらく、その場に車をとめていたようでした。

うれしいことに、父さんがサウナ風呂《ぶろ》を沸《わ》かしておいてくれました。サウナに入るのがものすごく気持ちよく感じられる時があるとすれば、まさに今でした。そして、さっぱりしてからテーブルについて夕食を食べていると、モストルプから電話がありました。アンとヴィヴェカのお兄さんが、同僚《どうりょう》を連れて休暇《きゅうか》で帰ってきたので、自転車で遊びに来ませんか、というお誘《さそ》いでした。

「そうだったのか、親愛なるワトソンくん（イギリスの作家コナン・ドイル作の探偵小説『シャーロック・ホームズ』シリーズに登場する医師。ホームズの相棒）！　スポーツカーの謎《なぞ》がとけたわね！」と、わたしはシャスティンに言いました。

　できるだけ急いで夕食を食べ終えると、わたしとシャスティンは自分たちの部屋へ駆《か》けていき、少しでもきれいになろうと、みがきをかけはじめました。髪《かみ》の毛にはブラシをかけ、歯をみがき、手の爪《つめ》も一つ一つみがきました。もうちょっとで、足の爪《つめ》までみがくところでした。赤カブの間引きで荒れた手には香《かお》りのいいクリームを塗《ぬ》り、サウナ風呂《ぶろ》のおかげでぴかぴかに光っている鼻には、特別なお祝いごとの時にしかつけない、コンパクトに入ったおしろいをはたきました。だって、これはまさに特別な時なんですから。赤カブの畝《うね》に一日じゅうしばりつけられていたとはいえ、わたしたちだって人並みにきれいになれるってことを、あの飛行士たちに見せたくてたまらなかったのです。シャスティンは、とっておきの白いピケ（畝のような織り柄のある生地。通気性があることから、夏の服や帽子に使われる）のワンピースを着ていかない？　と言いだしましたが、わたしはこれには反対しました。

「そこまでする必要があるかしら？　あの二人が、わたしたちのまぶしいほどの美しさに目がくらんで、正気を失ったらどうするのよ！」

　それで、危険を避《さ》けるため、そこまで魅力的《みりょくてき》にするのはやめておくことにしました。シャスティンの自転車はまだ修理中だったので、エディトのを貸してもらい、二人で出発しようとすると、父さんが後ろから声をかけてきました。

「いつもの時間に寝《ね》られるように帰ってきなさい。明日の朝はまた、六時半に起床《きしょう》ラッパが鳴ることを忘れるんじゃないよ！」

けれども、その言葉が耳に届《とど》いたころには、わたしたちはもうモストルプまでの道のりを半分ほど来ていました。お屋敷《やしき》につづく道に入ったところで、例のチビの悪党のクラースが、またアリクイのように舌を出しているのに出くわしました。

「お行儀《ぎょうぎ》のいい坊や、ちょっと舌をひっこめて教えてくれない？　お姉さんたちはどこにいらっしゃるの？」シャスティンが聞きました。

「庭ですわってる。知らない男をちやほやしてるよ」と、チビの悪党は教えてくれました。

「トッセも一緒《いっしょ》だよ。トッセって、ぼくの兄ちゃん。トールってんだけど、本当は。飛行士になる訓練、受けてるんだ。それに、トルケルもいるよ。ぼくもそのうち飛行士になって、自分の飛行機を手に入れるんだ。すごいだろ！」

「ふーん、すごいわね」シャスティンが言いました。

「もう一人の知らない男も、飛行士の訓練受けてるんだって」と、クラース。

「わたしたちが知りたいのは、どっちに行けば、その飛行士たちに会えるかってことなんだけど」シャスティンがまた聞きました。

「あっち」と言って、クラースはめんどくさそうに庭の方を指差しました。それからお互《たが》い、敬意を表しながら別れました。つまり、クラースがまた舌を出したので、わたしたちも舌を出してやったのです。

ところが、クラースの教えてくれた方に行ってみても、飛行士の影《かげ》さえ見えません。

「飛行士たちは、きっともう空にあがっちゃったのよ。アンとヴィヴェカも一緒《いっしょ》に連れてあがったんだわ」シャスティンが言いました。

「そうかもしれないわね」と、わたしもうなずきました。

その時、「ええ、飛行士たちは空にあがってるわよ」という、ヴィヴェカの甲高《かんだか》くかわいらしい声が、上の方から聞こえました。声が聞こえてきた、すごく大きなカエデの木を見あげると、枝のあいだからうれしそうな五人の顔がのぞいていました。

「階段を上っていらっしゃいな。コーヒーがあるわよ！」アンが誘《さそ》ってくれました。

たしかに、カエデの木には階段がついていました。木は、地面から二、三メートルほどの高さのところで四本のしっかりした太い枝に分かれており、その四本の幹の上に板の床《ゆか》が渡してあって、そこへつづく階段がつけられていたのです。板の上には、テーブルとベンチが置いてありました。この葉っぱの中のとてもすてきなあずまやは、コーヒーを飲んだり、おしゃべりを楽しんだりするのにぴったりです。

アンが、お兄さんのトールとその友人のクリステルを紹介《しょうかい》してくれました。

「そうか、するとこちらが、悪名高い児童虐待犯《ぎゃくたいはん》に悩《なや》まされているお嬢《じょう》さまがた、ってわけだ」とトールが言いました。

「そのとおりよ」と、シャスティン。「そしてそちらは、鼻が高くて、せんさく好きの飛行士さんね？」

「いかにも」トールが答えました。

クリステルは最初のうちはなんにも言わず、ただすわって、深く澄《す》んだ濃《こ》いブルーの目でわたしたちを興味ありげに見ているだけでした。とてもひかえめな人なんだわ、とわたしは思いました。けれど、十分《じっぷん》もしないうちにクリステルもしゃべりはじめ、ひかえめだなんてまったくの誤解だった、ということがわかりました。

クリステルとトールは冗談《じょうだん》を連発し、きわどいしゃれを言い、互《たが》いに相手よりおもしろい話をしようと、しのぎをけずっていました。シャスティンとわたしとヴィヴェカは話についていきましたが、トルケルとアンは、うれしそうにただ聞いているだけでした。わたしたちはアメリカの喜劇映画に出演しているような気がしてきて、しまいには、あと五分こんな状態がつづいたら笑いすぎて死んでしまう、と思ったほどでした。けれども、トールとクリステルがわいわい言っているあいだにちょっと濃《こ》いコーヒーを飲んでひと息入れ、元気を取り戻《もど》すことができました。

本当に、ものすごく楽しかったのです。ところがその最中に、わたしはふとビヨルンのことを思い出し、良心がうずきだしました。出かける前に、彼に電話してモストルプに行くと知らせておかなかったからです。ビヨルンは今夜、あのえんえんとつづく上り坂を自転車で上ってきても、無駄足《むだあし》になるかもしれないのです。

けれども、そんなことでくよくよしている暇《ひま》はありませんでした。というのも、トールがまた何か話しだした時に、クリステルがわたしに体を寄せてきて、今週のいつか、夕方に車でちょっと出かけないか、と聞いたからです。このあたりのことをぜんぜん知らないから、案内してくれる人がほしいんだ、と言うのです。それなら、アンやヴィヴェカの方がいいんじゃない？と言ってみたのですが、クリステルは、きみもなかなかしっかりした案内人のようだよ、と言います。それで、車に乗ってちょっと案内するぐらいなら、わたしは元気いっぱいだからたいしてくたびれはしないだろうし、「まあ、そのくらいなら……」と思ったのです。ドライブの案内をしてもいいかどうか、母さんに聞いてみなくちゃ。あの車はかっこいいし……。クリステルもかっこいいかどうかは、よくわからないけど……。

わたしとクリステルは、木曜日に出かけよう、と決めました。

10

その週のあいだはずっと、わたしたちは赤カブの間引きをしていました。そしてビヨルンはそのあいだずっと、気管支炎《きかんしえん》で寝《ね》こんでいました。わたしはビヨルンのことがかわいそうでたまらなくなり、毎日ビヨルンのお母さんに電話をして様子を聞いては、お見舞《みま》いの言葉を伝えました。そして、彼《かれ》が読みたがっていた本をさがし出し、フェルムの子どもの一人にたのんで、〈町〉のビヨルンの家まで届《とど》けてもらったりしました。

けれども正直に言うと、少なくとも、木曜日の夕方にビヨルンがリルハムラに来られなかったのはとても都合がよかった、というのも本当でした。だってその日、わたしはクリステルと、赤いスポーツカーに乗って出かけたのですから。その前日、水曜日の夕方には、モストルプの若い人たちがそろってリルハムラにやってきて、母さんと父さんにちゃんと挨拶《あいさつ》をしました。母さんは少し迷っていたようでしたが、わたしがクリステルを案内するために一緒《いっしょ》にドライブに行ってもいい、と許してくれました。

そして、土曜日はアンの十八歳《さい》のお誕生日でした。アンはすばらしいお誕生日パーティを開いてもらい、シャスティンとわたしも招待《しょうたい》されました。エーリックとビヨルンも招《よ》ばれていたのですが、ビヨルンはまだ完全にはよくなっていなかったので、来られませんでした。ヨハンが、わたしとシャスティンを馬車に乗せて、モストルプまでの五キロの道を送ってくれました。わたしたちが、丈《たけ》の長いワンピースを着ていたからです。自転車に乗っていかなくちゃいけなかったとしたら、すそがからまって間違《まちが》いなく大騒《おおさわ》ぎになったことでしょう。馬車は、ほかのものと一緒《いっしょ》に前の借り主が残していったのですが、そもそもは、おじいちゃんの時代からリルハムラにあったので、かなり古びて見えました。でも、とにかく馬車は馬車ですから、モストルプの並木道を通りぬけて大きな玄関《げんかん》に向かっていくと、なかなか優雅《ゆうが》な感じがしました。

「ああ青春よ、おまえはなんと美しいのだ」わたしたちが馬車から降《お》りようとすると、ヨハンはため息をついて言いました。「さあ、たっぷり楽しんできてくだされや！」

「もちろんそうするわ、ヨハン」とわたしが答えると、ヨハンはやさしい顔に満足そうな笑《え》みを浮《う》かべて、帰っていきました。

玄関の階段の上に立ってお客さまを迎《むか》えているアンたちに挨拶《あいさつ》をしてから、わたしたちは、〈町〉や村から集まってきたほかの二十人あまりの若い人たちと一緒《いっしょ》に、ゆっくり庭園の方へと歩いていきました。緑色のビロードみたいに見える手入れのゆき届いた芝生《しばふ》の上、花をつけたスイカズラやサンザシの木のあいだを、はなやかなロングドレスの女の子たちが行きかう様子は、まさに美しい絵のようでした。ところがわたしは、ほかの女の子はみんな、花模様《はなもよう》のロングドレスを着ていることに気づいてしまいました。わたしたちのダンス用のロングドレスは、赤と白の格子模様《こうしもよう》の木綿なのに。そのせいで、わたしはちょっとひけめを感じてしまいましたが、ありがたいことにその時、アンたちのお母さんが近づいてきて、わたしのスカートのあたりをつまんで、こう言ってくれたのです。

「まあ、なんてかわいいドレスなの！　アンとヴィヴェカにも、こんなのを作ってやらなくちゃ」

おかげでわたしは、ほかの女の子たちがどんなに花模様だらけのドレスを着ていようと、気にならなくなりました。

一方そのころシャスティンは、エーリックをさがして庭園の中をぶらぶらしていて、クリステルに出くわしていました。あとで話してくれたところによると、クリステルはシャスティンの腕《うで》を強くつかんで、こう言ったのだそうです。

「お嬢《じょう》さん、今夜はすべてのダンスを、きみと踊《おど》りたい！」

シャスティンは冷たく答えました。

「残念ながら、このお嬢《じょう》さんはバーブロではなく、シャスティンよ。それに、わたしの仲よしのエーリックが、そのへんの茂《しげ》みからいつ姿を見せるかわからないわよ。彼《かれ》はすごくけんかが強いの。でも、もしも左のほっぺたに一つだけそばかすがある、元気いっぱいで丈夫《じょうぶ》そうな女の子が見つかったら、その子ならあなたと踊《おど》ってくれるかもね」

外の大きなベランダには、赤いサンザシと白いライラックで飾《かざ》られた、アンのお祝いのテーブルが用意されていました。

この日は、わたしとシャスティンがリルハムラへ来てから初めての、正式なディナーへのお招《しょう》ばれでした。もちろん、母さんや父さんは村の人たちをディナーに招待《しょうたい》していたのですが、そんな時には、わたしたちはいつもお手伝いばかりだったのです。自分がちゃんとテーブルにすわってお給仕してもらうと、一人前の大人になったような晴れがましい気分がしました。それに、ディナーもとてもおいしかったのです。いろんな種類のサンドイッチからはじまり、若鶏《わかどり》のおいしいお料理に、最後は温かいチョコレートをかけたアイスクリームまで。アイスクリームを食べている時、わたしはふと、ビヨルンのことを思い出しました。ビヨルンもこのアイスクリームが大好きなのに、かわいそうに！　と思ったのです。けれど、この夜ビヨルンのことを思い出したのは、この一回だけ。そう、たしかにこの時だけでした！

お誕生日パーティの主役のアンは、テーブルのはしの主役の席にすわっていました。とてもきれいなので、いくら見ても、見あきることがありません。アイスクリームが出ると、アンのお父さんがお祝いのスピーチをはじめました。「アンはいつもやさしくてかわいい娘《むすめ》です」とお父さんは言いましたが、べつにそんなスピーチは必要なかったのです。そんなこと、アンは自分でわかっているでしょうから。

スピーチがつづいているあいだに、クリステルとわたしの向かいに、そばかすのある楽しそうな男の子と並んですわっていたヴィヴェカが言いました。

「アンとわたしは、ちょっと違《ちが》うの。わたしはやさしくもかわいくもないけど、プードル犬のようにかしこいのよ」

食事のあとは、みんなでベランダの椅子《いす》やテーブルを片づけて、蓄音機《ちくおんき》をかけ、ダンスをしました。踊るあいまには、ベランダの柵《さく》に腰《こし》かけたり、庭の中をぶらぶらと歩いたりしました。クリステルは、申し分ないほどダンスが上手でした。わたしとクリステルはつづけて三曲踊《おど》ったあと、カエデの木の上のあずまやに登り、上でしばらくおしゃべりをしました。もちろん、何か真剣《しんけん》な話をしたわけではありません。でも、冗談《じょうだん》を言ってふざけあうだけなら、クリステルほど楽しい相手はほかには見つけられないでしょう。

十一時半には父さんが、わたしとシャスティンを迎《むか》えに来ることになっていました。わたしたちは、時計の針がおどすようにコチコチと進んでいくのを、はらはらしながら見ていました。パーティのおもしろさや楽しみを全部味わいもしないうちに、父さんに連れられて帰るなんて、ぜったいにいやでした。シャスティンと二人、すみっこでそんな憂鬱《ゆううつ》な話をしていると、それに気づいたアンが近づいてきて、こう言ってくれました。

「今晩は、泊《と》まっていかない？　ヴィヴェカとわたしのパジャマを貸してあげるし、歯だって、綿に歯みがきクリームをちょっとつけてみがけばいいじゃない」

　シャスティンとわたしは、顔を見あわせました。コロンブスが卵を立てた（探検家コロンブスが、だれも立てられなかった卵を、殻の尻をつぶして立てたことから、「だれでもできることでも最初に思いつくのは難しい」というたとえとなった）のなんて、アンの思いつきにくらべたら、簡単そのものに思えました。もちろんわたしたちは、そんな申し出にすぐ飛びつくのは礼儀正《れいぎただ》しくない、とわかっていたので、わざとあれこれ遠慮《えんりょ》してみせましたが、本心では、とても泊《と》まりたかったのです。ここで過ごす夜は、どんなに楽しいことでしょう。夜中に迎《むか》えにやってきて、無駄足《むだあし》になる父さんが気の毒になったわたしは、電話に飛びついて、家にかけました。

　電話に出たのは、父さんでした。

「父さん、ひょっとして、寝《ね》ていたんじゃなくて？」と、わたし。

「いいや、ひょっとして、寝《ね》ていたりはしないよ」と、父さん。

「それは大変。じゃあ、すぐに寝《ね》てちょうだい！」

「何を馬鹿《ばか》なこと言ってるんだ？」

「あのね、シャスティンとわたしが、こんな夜中に迎《むか》えになんか来させて、父さんを凍《こご》えさせるようなひどい娘《むすめ》じゃないってことは、わかっているでしょ。とてもそんな気にはなれないわ」

「父さんにわかるようにしゃべってくれ！　何が言いたいんだね？　どんないたずらを思いつい

たんだ？」

「ひどいこと言わないでよ。ねえ、こちらに泊《と》めていただいていい？　アンとヴィヴェカが、誘《さそ》ってくれているの。おばさまやおじさまも、いいっておっしゃってるし。泊《と》まってほしい、とみんなで言ってくださるの。そうしてもいいかどうか、母さんに聞いてみて」

父さんが小声でぶつぶつ言ってから、母さんと何か話している声が聞こえてきました。お許しが出るとすぐに、わたしとシャスティンは再びダンスの輪に加わりました。

とうとう最後のワルツになり、パーティはお開きになりました。エーリックが、自転車の後ろに乗せて送っていこうか、とシャスティンに言いに来てくれましたが、もちろんその必要はなかったのです。

アンとヴィヴェカは、切妻屋根《きりづま》の下にあたる三階の大きくてきれいな部屋を一緒《いっしょ》に使っていたので、わたしたちも同じ部屋で寝《ね》ることになりました。おばさまは、あなたがた、うるさく騒《さわ》がないでちょうだいね、と何度も念を押《お》しました。おばさまはちょうど不眠症《ふみんしょう》にかかっているそうで、寝室《しんしつ》がわたしたちのすぐそばなのです。わたしたちはわたしたちで、トールとクリステルに、頭の上で大きな音をたてないでよ、とたのみました。トールとクリステルの寝《ね》る屋根裏部屋は、女の子たちの部屋の真上なのです。

わたしたち女の子は、おばさまの眠《ねむ》りをさまたげるようなことはぜったいにするまいと、声をひそめてくすくす笑いながら、服を脱《ぬ》いでいきました。シャスティンが一番最初に着替《きが》え終わり、準備してもらった客用のベッドにすばやく飛びのりました。けれども、客用ベッドというものはとつぜん飛びのられることには明らかに慣れていないらしく、地下室まで響《ひび》くような大きな音をたてて、組み立て前の折りたたんだ状態に戻《もど》ってしまいました。わたしたちはキャーッと悲鳴をあげたあと、笑いだしてしまい、枕《まくら》を噛《か》んで声をおさえなくてはなりませんでした。

気分が落ち着くと、みんなでもう一度シャスティンのベッドを組み立て、それぞれのベッドにもぐりこみました。そして横になったまま、あれやこれやとおしゃべりをはじめました。ちょうどアンが、わたし、トルケルのことがちょっぴり好きみたい、と告白した時、わたしはなにげなく、ちらっと窓の外に目をやりました。

数秒後、しんとした静けさをすさまじい叫《さけ》び声が破りました——叫《さけ》んだのは、わたしです。だって、窓の外にぞっとするような白いものが、腕《うで》をぱたぱたさせて浮《う》かんでいたんです。それを見たとたん、最高に怖《こわ》い怪談《かいだん》を聞いた時そっくりの状態になってしまいました。つまり、体じゅうの血が凍《こお》りつき、髪《かみ》の毛は逆立ち、目は飛び出し、知らぬまに叫《さけ》んでいたのです。

そのおそろしげなものを見たほかの女の子たちも、次々に叫《さけ》びだしました。けれども、お化けはいつまでも単調にぱたぱたとはためいているだけなので、落ち着いてよく調べてみることにしました。するとそれは、シーツとひもで作った大きな人形が、避難用《ひなんよう》ロープの先で揺《ゆ》れているだけでした。そしてそのロープを、トールとクリステルがゆらゆらと揺《ゆ》すっていたのです。窓から屋根裏部屋を見あげると、二人のうれしそうな笑顔が見えました。

「近ごろのお嬢《じょう》さんたちは、案外怖《こわ》がりなんだねえ」トールがえらそうに言いました。

「近ごろの若い男の人たちは、人形で遊んだりして、案外子どもっぽいのねえ」シャスティンが言い返しました。

「みんな、どうしてちゃんと寝《ね》ないんだ？」と言いながら、クリステルが人形をひっぱりあげました。

「こんな状態で眠《ねむ》れるものかどうか、自分でやってみなさいよ」と、ヴィヴェカが言いました。

そして、わたしたちは部屋の中にひっこんだのですが、平和は長くはつづきませんでした。窓の外で、「ちゃんと寝《ね》てるかどうか見に来てあげたよ」という声がして、見ると、トールがロープにぶらさがって揺《ゆ》れていたのです。

青い縞《しま》のパジャマを着たハンサムなトールは、ロープにつかまったまま、壁《かべ》に片足をつけていました。そこでわたしは、トールの宙に浮《う》いている方の足の裏を、人差し指でこちょこちょとくすぐってやりました。トールがあんなにくすぐったがるとは、まったく予想外！　ひどくくすぐったがりだったらしく、トールはギャーッと叫《さけ》びました。血の鷲《わし》の刑《けい》（アイスランドの古い物語に出てくる残忍な死刑執行法。背中を切り、肺と肋骨を背骨から切り離して、鷲の羽のように左右に切り開く）で体を切り開かれた人だって、こんなにひどい叫《さけ》び声はあげなかったことでしょう。
トールはわたしをあしざまにののしりながら、ヘビのようにロープを伝って地面へ下りていきました。ところが、下に着くとすぐに落ち着きを取りもどし、セレナーデを歌いはじめました。リュート（弦楽器の一種。中世のヨーロッパで広まり、宮廷などで奏でられた）を弾《ひ》くまねをしながら、せつなく恋《こい》こがれるような調子で……

あなたは、ダイヤモンドも真珠《しんじゅ》も持っている、
女の人がほしいと思うものは、すべて手にしてる……

そこまで歌った時、ヴィヴェカがジョウロを手に取って、ちょっと残っていた水をトールの大きく開いた口の中に流しこんだので、すばらしい歌声はグブグブというくぐもった音に変わってしまいました。わたしたちはキャッキャッと笑いころげました。
そのとき、「ターザンだぞ！」と、ふいに上から声がしたかと思うと、今度はクリステルがロープを片手でしっかりとつかみ、するすると優雅《ゆうが》に下りてきました。わたしたちの部屋の窓台のブリキ板に足をかけてひと休みしようとしたのですが、みんなで足先をつねって、トールのいる地面へと追いやりました。

その瞬間《しゅんかん》、画期的《かっきてき》なアイディアが同時に二人の人間、つまり、ヴィヴェカとわたしの頭にひらめきました。こんなことは、そうそう起こるものではありません。ヴィヴェカとわたしはすぐに部屋を飛び出し、屋根裏部屋につづく階段を駆《か》けあがって男の子たちの部屋へ入ると、うれしくてわくわくしながら避難用《ひなんよう》ロープを金具からはずし、下の庭へ投げ落としてやったのです。下からあがる抗議《こうぎ》の叫《さけ》び声には耳を貸さず、急いでアンとシャスティンのところへ飛んで帰ると、四人そろって窓から顔を出し、夜中に裸足《はだし》にパジャマ姿で家から締《し》め出されたかわいそうな連中をながめて、思いっきり笑ってやりました。

「そんなところでつっ立ってないで、芝生《しばふ》の上を裸足《はだし》で散歩したらどう？　そうしてれば、すぐ夜が明けるわよ」とアンが言ったので、わたしも明るくつづけました。

「そろそろ霜《しも》がおりる時間だわね」

「そうそう。きっと明日の朝には、木の枝にも霜《しも》がおりているでしょうよ」と、ヴィヴェカ。

「体温を保つのに一番いい方法は、手で思いっきり体をたたくことよ」と、シャスティンが教えました。「もし、足指の先が青くなってきたら、ふうふう吹《ふ》いてやればいいの。それで、たいていうまくいくわ」

「ふふん。きみらは、サルの末裔《まつえい》であるターザンの実力を知らないな！」と言うと、クリステルはロープを肩《かた》にかけ、切妻屋根《きりづまやね》のすぐそばに立っている大きなカエデの木に登りはじめました。

そして、建物の屋根の上までのびている枝にたどり着くと、ロープを枝にしっかりとくくりつけ、サーカスの軽業師《かるわざし》でさえ一目《いちもく》置くような跳躍《ちょうやく》を見せたのです。

あっというまに、クリステルは屋根の棟《むね》の上に立っていました。わたしたちはクリステルの大胆《だいたん》な行動に引きこまれ、窓から身を乗り出して見ていました。ロープは、記念にこのまま永久にカエデの木に結びつけておく、というわけにはいかないので、トールが枝に登って回収しました。

わたしたちは胸をどきどきさせ、危険なほど窓から乗り出して、クリステルがゆっくりと屋根の上から屋根裏部屋へ入っていく様子を、目をこらして見つめていました。屋根のへりをつかんでぶら下がったクリステルは、足で屋根裏の窓のありかをさぐっていましたが、やがて窓台のブリキ板の上にちゃんと立つと、窓枠《まどわく》の中へ姿を消しました。わたしたちは、ほっと深いため息をつきました。

けれども、トールはまだ外に締《し》め出されたままです。トールは、クリステルと同じ軽業《かるわざ》をするわけにはいきません。そんなことをしたら、今度はロープが枝に残ったままになってしまい、夜中に騒《さわ》いだ証拠が残ってしまいます。

「ロープを上に投げてみろよ」クリステルがトールに言いました。

トールは感心するほど素直に、はしに鉄のフックがついたロープを言われたとおり投げました。ロープは屋根裏部屋の高さまでは届《とど》きませんでした。ところが、わたしたちのいる三階までは届きました——つまり、「いいか、投げるぞ！」とトールが叫《さけ》んだとたん、フックが飛びこんできたのです！　フックとロープは、窓からまっすぐに入ってきて、すぐに出ていきました。ガシャーン！　水差しの割れる音。あたりには水が飛びちり、わたしたちは口々に悲鳴をあげました。

「どうかした？」トールが大声で聞きました。

「だいじょうぶよ、ただの水差しだから。ほかに被害《ひがい》はないわ！」ヴィヴェカが答えました。

「あきらめないで！　ランプはまだ無傷よ」

　そのあいだに、クリステルはいいことを考えついていました。あのシーツの人形に使っていたらしいひもをするするとたらし、トールに、ロープのフックにしばりつけろ、と言ったのです。わたしたちは、目の前を下りていくそのひもを一度は切ってやりましたが、二度目は眠《ねむ》くなってきたので、勝手にやらせておきました。

　トールがフックをしばりつけ、クリステルがロープをひっぱりあげると、トールは勝ちほこった様子でロープを伝って登っていき、屋根裏部屋へと姿を消しました。

「おやすみ、お嬢《じょう》さんたち」トールのわめき声が聞こえました。「スウェーデン空軍のれっきとした飛行士二人をからかって、ただですむとは思わないでくれよ！　とんでもないことだぜ！」

　わたしたちはふとんにもぐりこみました。ふいに、アンがつぶやきました。

「お母さん、かわいそうに。きっと一睡《いっすい》もできないでいるわ」

ああ、すっかり忘れていました！　明日、おばさまがなんておっしゃるかとすごく心配しながらも、わたしたちは、ゆっくりと深い眠《ねむ》りに落ちていきました。

日曜日の朝の十時ごろ、お日さまのやわらかな日差しがモストルプにそそいでいました。ベランダの朝食のテーブルには、おじさまとおばさまを中心に、みんなが集まっていました。ゆうべの馬鹿騒《ばかさわ》ぎを悪かったと反省している、おなかを減らした若者たちのことも、お日さまは平等に照らしてくれました。みんな寝覚《ねざ》めが悪く、深く後悔《こうかい》していましたが、それも、丸パンやジャム入りロールケーキにかぶりつく邪魔《じゃま》にはなりません。

すると、おばさまが言いました。

「本当に、けさはとても気持ちがよくて、調子がいいわ。ありがとう。ゆうべ、みなさんが静かにしてくださったおかげだわ。あんなにぐっすり眠《ねむ》れたのは、初めて」

わたしたちはなんにも言わず、ただただお互《たが》いに見つめあっているだけでした。おばさまが不《ふ》眠症《みんしょう》の時にこんな調子ならば、普通《ふつう》の時は、たとえエリコの角笛《つのぶえ》（エリコは死海北方のパレスティナの古都。旧約聖書『ヨシュア記』によると、この都の壁が角笛の音によって崩れたことから、「エリコの角笛」は、やかましい音のたとえに使われる）を耳もとで思いっきり吹《ふ》いたとしても、目を覚まさせることはぜったいにできないでしょう。ところが、きのうのお祝いのパーティにはなぜだかわからないけれど姿を見せなかったチビのクラース（どこかで、はがいじめにされていたに違《ちが》いありません）が、クリステルの目の前に行くと、ずるそうに笑って、大きな声でひとこと、「ターザン！」と言いました。クリステルは二十五オーレ玉（一クローナは百オーレ）を取り出して、チビにやりました。

やがて、ヨハンが馬車で迎《むか》えに来てくれたので、わたしたちは座席のクッションにけだるくもたれかかり、揺《ゆ》られながら帰りました。小鳥たちが歌い、お日さまは輝《かがや》き、教会の鐘《かね》が鳴りひびき、あたりは日曜日の朝のおだやかな幸せに包まれていました。すてきな朝でした。

「楽しかったですかい？」と、ヨハンが御者台《ぎょしゃだい》から振《ふ》りむいてたずねました。

「もちろん楽しかったわ、ヨハン」わたしは答えました。

11

リルハムラの日々は、ますます楽しくなってきました。干し草《くさ》作りがはじまるとすぐに、まるで陽気なファンファーレが鳴りひびくかのように、夏至《げし》まつり（夏至は一年で一番昼の長い日をさす。このころ北欧では白夜の季節となる。六月二十四日に一番近い土曜日に、広場やダンス会場に花や葉で飾った夏至柱を立てて、そのまわりで踊ったりゲームをしたりして楽しむ）がはじまったのです。

お日さまの光がきらきらと降りそそぐある朝、父さんが夏至《げし》を祝って、リルハムラの掲揚台《けいようだい》に国旗をあげました。ヨハンは濃紺《のうこん》の英国製のウールの上着を着こみ、髪《かみ》の毛を水でなでつけた上品な格好で、きどって歩いていました。今日はまる一日、完全に仕事から解放されるのです。こんなことはめったにありません。動物の面倒を見なければならない農場では、日曜日も平日もないのです。

午前中にヨハンが、ブラッケンとムンテールを干し草用の荷車につないでくれたので、わたしとシャスティンは、フェルムの子どもたちをみんな乗せて、近くの〈泉が原〉という草原まで出かけました。森の中のでこぼこ道を抜けて〈泉が原〉に着くと、夏至《げし》まつりの柱に飾《かざ》るシラカバの葉を取り、花を摘《つ》みました。

昼からは、リルハムラの者全員とブロムキュッラで働いている若者たち何人かで、すぐ近くの

〈美しが原〉に集まり、夏至柱《げしばしら》を立てました。もちろん、エーリックも来ていました。今年はブロムキュッラでは夏至柱を立てないで、リルハムラで盛大にやろうと、ブロムキュッラの人たちが言ってくれたのです。

エディトとシャスティンとわたしが、朝摘《つ》んだシラカバの緑の葉を夏至柱に巻きつけ、編んだ花輪を飾ると、男の人たちがその柱を立てました。子どもたちは、春の草原を駆けまわる子牛みたいに、柱のまわりをぐるぐる走りだしました。母さんはだれかれなしにジュースや丸パンをふるまっているし、父さんは満足そうにあたりをただぶらぶらしています。

それからみんなで、きれいに飾《かざ》られた柱のまわりで踊《おど》りました。『緑の林への散歩』や『楽しく踊《おど》る七人の美しい乙女《おとめ》』や、ほかにも名前を知らない曲に合わせて踊《おど》ったあとは、『やもめ遊び』や『三番目たたき』というゲームをして遊びました。そして、わたしたちが走りすぎてはあはあえいでいるところへ、父さんがやってきて、子どもたちが、大きなズックの袋《ふくろ》に足から入り、上のふちを手で持って跳《と》びながらゴールをめざす『袋跳《ふくろと》び競争』をはじめる、と教えてくれました。

ちょうどわたしが、ジュースでも飲んで元気を取りもどそうと石の上に腰《こし》を下ろした時、ふいに、ビヨルンがすぐそばに姿を見せました。うれしさのあまり、わたしは飛びあがってしまいました。ビヨルンと最後に会ってから、ものすごく時間が経《た》ったような気がします。ビヨルンの顔色がまだよくないのを見ると、それが気管支炎《きかんしえん》のせいではなくわたしのせいのような気がして、気がとがめました。

母さんは、簡単な夕食を一緒《いっしょ》にどう？　と言って、エーリックとビヨルンを誘《さそ》いました。夕食のあと、うちの納屋でダンスパーティをするからです。ブロムキュッラで働いているイーヴァルが、六列もキーのついた上等のアコーディオンを持ってきましたし、ほかにもあちこちから人がやってきて、ゆっくりと納屋の方へ向かっています。招待《しょうたい》したのではなく、だれが来てもいいのです。モストルプの赤いスポーツカーも、プップー、と警笛を鳴らしながらやってきました。運転しているのはアンで、助手席にはヴィヴェカ、トールとクリステルは後ろの座席に押《お》しこまれていました。

イーヴァルがアコーディオンをちょっと鳴らして練習したあと、力強く『火かき棒ワルツ』を弾《ひ》きはじめ、父さんと母さんが、ダンスパーティをはじめます、と挨拶《あいさつ》しました。あっというまにリルハムラの納屋は、ダンスをする人たちでいっぱいになりました。

わたしは父さん、ヨハン、ウッレ、エーリック、トール、ビヨルン、それにクリステルと踊《おど》りました。本当のことを言えば、ほとんどクリステルと踊《おど》っていました。クリステルはどこにでも現れ、何度でも声をかけてくるのです。彼《かれ》は歌ったり笑ったりする時に、人の目をひきつけるのがうまく、自分が目立っていることもしっかりわかっているようでした。クリステルとビヨルンが同時にわたしにダンスを申しこんだことも、何度もありました。そしてどうしてかわかりませんが、勝つのはいつもクリステルでした……いいえ、どうしてそうなったかはわかっています！理由は簡単、わたしがいつもクリステルと踊《おど》る方を選んだからなのです。

「ぼくの妖精《ようせい》、きみはとても優雅《ゆうが》に、音もたてずに、かろやかに踊《おど》る……」と、クリステルが耳もとで歌うと、わたしは本当に妖精《ようせい》になったような気がしてしまい、ビヨルンが青白い顔をして疲《つか》れているように見えても、もう気にもしませんでした。

暖かい夜でした。隣村《となりむら》のあたりでは雷《かみなり》がはでに暴《あば》れているらしく、地平線に黒雲や稲光《いなびかり》が見え、鈍《にぶ》い雷鳴《らいめい》も聞こえてきます。そしてとつぜん、リルハムラにも激しい雨が降りだしましたが、おかげで空気がさわやかになりました。クリステルが、雨あがりの気持ちのいい空気を吸いに出よう、と言ったので、二人で外の柵《さく》に腰《こし》を下ろしました。

「これぐらい離《はな》れてアコーディオンの音楽を聞くのも、なかなかいいね。そう思わない？」

わたしは、ほんとにそうね、と言いました。ところがちょうどその時、ビヨルンが目の前に現れて言ったのです。

「踊《おど》ってくれませんか？」

わたしは、どうしたらいいのかぜんぜんわかりませんでした。ビヨルンはたのみこむようにわたしを見ているし、クリステルはわたしの手を握《にぎ》っているのです。とうとうわたしは、言ってしまいました。

「ごめんね、ビヨルン、今すごく疲《つか》れてるから、次の曲にしてもらえる？」

ビヨルンの目が妙《みょう》なふうに光ったかと思うと、彼《かれ》は「ああ、わかったよ」と言って、きびすを返して行ってしまいました。

信じられないほど馬鹿《ばか》なわたしは、そのまま柵《さく》にすわって、自分はものすごくもてるんだ！と、まったくいい気になっていました。次の曲がはじまり、クリステルとわたしは納屋の中へ戻《もど》りましたが、ビヨルンの姿はどこにもありませんでした。その時も、それからも。消えてしまったのです。それなのにわたしはちっとも気にせず、父さんが手をたたいて、さあパーティはもう終わりだよ、と言うまで、ずっとクリステルと踊《おど》っていました。

モストルプの人たちも帰っていき、シャスティンとわたしも寝《ね》ようということになった時、ふいにシャスティンが声をあげました。

「あらっ、忘れてた！」

「忘れてたって、何を？」

「夏至《げし》の夜に、九つの柵《さく》を飛《と》びこえ、九種類の花を摘《つ》み、寝《ね》る時に枕《まくら》の下に入れとくと、未来の夫の夢が見られるんじゃなかった？」

シャスティンの言うとおりでした。これをやらないですますわけにはいきません。わたしとシャスティンは、たちまちシラカバ林の最初の柵《さく》を飛《と》びこえていました。

シャスティンがちょっと離《はな》れたところで、どの花を摘《つ》もうかと迷っているうちに、わたしはもうクワガタソウを摘《つ》み、柵《さく》にもたれて深く息を吸いこんでいました。どこもかしこも、なんて静かなんでしょう、そして、なんていい匂《にお》いなんでしょう！　今ほど、シラカバの香《かお》りをいい匂《にお》いだと感じたことはありません。雨のあとなので、草は濡《ぬ》れていました。本当に静かです。ちょっと離《はな》れたライ麦畑の中でウズラクイナがギィッギィッと鳴く、のどかな小さな声が聞こえてきたほどで、ほかにはまったく音がしなかったのです。今まで感じたことがない種類の静けさで、夏そのものが、しばらくは息を止めているようでした。今は夏だということ、自分が十六歳《さい》で、やがて十七、十八、十九歳《さい》になっていくこと、シャスティンと一緒《いっしょ》にいること、それに、シラカバがとてもいい香《かお》りを漂わせていること……。何もかもがすばらしく感じられ、わたしは胸がいっぱいになり、せつなくてたまらなくなってきました。

いい香《かお》りを放っていたのは、すぐそばに立っていた小さなシラカバの木でした。わたしは胸がいっぱいになったあまり、その幹にがばっと腕《うで》をまわして、キスしてしまいました。本当に、木の幹にキスをしたのです。もしもシャスティンに見られていたら、恥《は》ずかしくてたまらず、その場でやっつけていたことでしょう。

わたしたちは九種類の花を摘《つ》み、白夜《びゃくや》がまた明るくなりはじめたころに、〈サクランボの住みか〉に帰ってきました。わたしはベッドに横になっても眠《ねむ》れず、ひとりごとを言いました。「夏の夜……」と、声に出して言ってみたのです。夏の夜！　その響《ひび》きをもっとよく味わおうと、わたしはさらに大きな声で言いました。「夏の夜！」美しい響《ひび》き……。こんなにきれいな言葉は、聞いたことがありません。

その時ふと、ビヨルンのことが頭に浮《う》かびました。本当は、心の奥《おく》では自責の念がひどくうずいていたのです。ああ、なんてひどいことをしてしまったんだろう……いったいなんてことを！　暗い気持ちで枕《まくら》の下に手をつっこみ、ヒナギクなど九種類の花で作った夏至《げし》の花束をつかみ出すと、花は手の中でみるみるしおれていくように見えました。

その夜、だれの夢を見たと思いますか？　結局、夢に出てきたのはヨハンでした。ハッハッ！

12

夏至《げし》のあとは、干し草作りが最盛期を迎《むか》えました。ブラッケンとムンテールの引く草刈《くさか》り機が、牧草地を行ったり来たりして、ガタガタと威勢《いせい》のいい音をたてていました。手綱《たづな》を取っているのはヨハンです。わたしは馬のシッカンに引かせたレーキで草を集め、シャスティンがブレンダに引かせた荷車で、その草をウッレとフェルムのところまで運んでいきます。ウッレたちは草を束ねて、乾燥させるために干し草掛《か》けにかけます。

馬にレーキを引かせながら御者台《ぎょしゃだい》にすわっている時間は、考えごとにぴったりです。逆に言えば、それしかできないということです。ただし、ヨハンと口げんかになったり、ウッレとフェルムが、本当に美しい女の人と本当に美しい雌牛とではどちらが美しいか、という言いあいをはじめ、そちらに気を取られたりしなければ、の話ですが。フェルムは牛だと言いはります。けれどウッレは、午後のおやつの時間に、美しい巻き毛のエディトが、青い木綿のワンピースを腕《うで》まくりしてコーヒーを持ってきてくれたのを指差して、おどすようにフェルムに言い返します。

「エディトよりも、エールフムラの方がきれいだと言う気か？」

さあ、フェルムは困ってしまいました。フェルムとしても、エディトの前で失礼なことは言いたくなかったらしく、「そりゃあ、エールフムラがエディトよりも美しいってわけじゃないが、あの牛の美しさは中身の豊かさの表れなんだ」と言いました。いったいどういう意味なんでしょう？　でも、エディトはフェルムの言うことなど、ぜんぜん気にしていないようでした。

そうそう、わたしは御者台《ぎょしゃだい》でずっと考えごとをしていました。なんだか、以前よりひんぱんにビヨルンのことを考えてしまうのです。そして、夕方になって一日の仕事が終わると、ビヨルンの見なれた姿が現れないかな、と並木道の方を見るようになりました。けれどビヨルンはまったく姿を見せず、わたしは日ごとに元気がなくなってきました。

クリステルは……ええ、クリステルはやってきました。毎日か、少なくとも一日おきには、夕方になると、赤いスポーツカーが門の外にとまります。シャスティンがエーリックと出かけてしまうと、わたしも、ビヨルンが来なければ一人で自転車で出かけてもつまらないので、喜んでクリステルと出かけるのでした。ところがおかしなことに、出かけるたびにだんだん楽しくなくなってきて、毎晩ベッドに入ると悲しくなりました。

昼間、働いているあいだはまだましでした。夏のはじめに雨が少なかったから、今年は牧草の収穫《しゅうかく》がいつもより少ない、とヨハンは言うのですが、わたしに言わせれば、本当にたくさん刈《か》り取ったと思います！

ところがある日、すべての牧草を干し草掛《か》けにかけ終えたとたん、かなり激しい雨になりました。

「やんでくれるのを待つしかないな」父さんは、うらめしそうに空をながめて言いました。けれどもヨハンは、この雨は干し草作りにはよくないかもしれんが、ライ麦にはありがたい恵《めぐ》みの雨だよ、と言いました。青々とみごとに育ったライ麦は、父さんの自慢《じまん》の種なのです。

そのあとすぐに、またお日さまがぱっと顔を出し、そのまま一日、二日と晴天がつづき、風もしっかり吹《ふ》いてくれました。父さんは、チョッキのポケットに親指をかけて言いました。

「さあ、牧草が乾《かわ》くぞ！」

リルハムラの者は、みんな大喜びでした。

さて、リルハムラには、ちゃんとした農機具や機械があまりありません。ある日、ヨハンが父さんのところへやってきて、収穫《しゅうかく》の時期が来たらどうやって穀物《こくもつ》を穫《と》り入れるか考えているのか、とたずねました。

「刈《か》り取ったあと、自動的に穀物を脇《わき》に押《お》しのけるあの機械があるが、あれじゃあだめかな？」

父さんは自信なさそうに言いました。

「だめですだ。あんなもん、まったく役に立たねえだ」ヨハンは言いました。「とっくにくず鉄にしておきゃよかったべ。刈《か》り取ったあと勝手に束《たば》ねてくれる、自動束ね機がいるってこった。

きょうび、どこの農場にでもありますだ。ここにだって、あっても悪くねえ」

でも、自動束ね機は二千クローナはします。そんなよぶんなお金をどうやってひねり出したらいいかわからず、父さんは頭をかきむしり、ため息まじりに言いました。

「だが、まあ、必要なら注文書を書かなくちゃならんだろうな」

「いいや、注文はせんでええと思いますだ」ヨハンはいつもの落ち着いた調子で言い、父さんの目の前に、広告の切り抜《ぬ》きをつき出しました。そこには、「リンドオークラ農場では、主人の死去により、次週の土曜日、公開のせりを開催《かいさい》。出品予定の品は、主に農業に必要な機械類。たとえば(ヨハンはここに赤鉛筆で印をつけていました)マコーミック社製の自動束ね機一台等」とありました。

ヨハンによると、どの農家も忙《いそが》しい干し草作りの時期の真っ最中にせりをやるなんて、ずいぶん身勝手で「昔にゃ考えられんかったこと」だけれど、この農場の主人はとつぜん亡くなり、未亡人も急にアメリカにいる娘《むすめ》さんのところへ行くことになったのだそうです。そして農場を買った人は、農業はしないのか、自動束ね機などぜんぜん必要じゃないらしいのです。

「だが、わたしには必要だ」父さんはうれしそうに言いました。

父さんはもともと、せりが大好きです。今まで農機具のせりに行ったことこそありませんが、こわれそうなぼろ椅子《いす》とか棚《たな》、くず同然のヴァイオリン、つまらない陶器《とうき》の花瓶《かびん》なんかを落札しては持ち帰り、母さんはいつも、やれやれと首を振《ふ》っていたのです。

そんなわけで、土曜日の午後、父さんとわたしとシャスティンは、ヨハンの馬車でリンドオークラ農場へと向かいました。母さんからは、自動束ね機以外は何も持って帰っちゃだめよ、と厳しく釘《くぎ》を刺されていました。

道々、父さんは子どものようにはしゃいで、ヨハンと冗談《じょうだん》を言いあっていました。気の毒にヨハンは、父さんがライ麦畑を見つけるたびに馬車をとめ、リルハムラのライ麦の方がいいできだ、と父さんが納得するまで、待っていなければなりませんでした。また、シャスティンとわたしが道ばたに野イチゴを見つけて摘《つ》みたがった時も、やはり馬車をとめて待つはめになりました。リンドオークラはこぢんまりした農場でしたが、たくさんの人が来ていました。ネコの手も借りたい干し草作りの時期なのに、土曜日の午後だからか、だれもがうれしそうでのびのびしていました。こうしたせりは、みんなの大きな楽しみなので、忙しいからといって無視したりはしないのです。

わたしたちの知りあいも、たくさん来ていました。最初に会ったのが、レーブフルト農場のお百姓《ひゃくしょう》でした。〈町〉のミルク工場でしょっちゅうわたしにいやみを言う人です。いつもあざけるような笑いを浮《う》かべて、たとえば、リルハムラの連中は種をまくための筋《すじ》まき機と脱穀《だっこく》機の区別がつくのかね、とか、そんな類《たぐい》のことを聞いてくるのです。

それである時、わたしは我慢《がまん》できなくなって言い返してしまいました。

「ええ、ちゃーんと区別できますよ。うちじゃ、きれいなミルクと汚いミルクの区別もできますもの。もっとも、ミルクの区別はだれにでもできるものじゃないみたいですけどね」

これを聞くと、レーブフルトのお百姓《ひゃくしょう》は黙《だま》ってしまいました。つまり、この男の運んでくるミルクは、わらくずやごみがたくさんまざっているというので、たびたび注意を受けていたのです。

そのレーブフルトのお百姓《ひゃくしょう》が、驚《おどろ》いた目つきでわたしたちを見て言いました。

「おやおや、こんなとこに上品なお嬢《じょう》さまがたがお出ましとは。何しに来たんだね？」

「自動束ね機を買いに来たの」シャスティンが答えました。

「そういうことかい。そうか、そうか。なら、自動束ね機のかわりに、糞運《くそはこ》びの手押《てお》し車なんか持って帰らねえようにな。区別がつきにくいから！」

いよいよ係の男の人がいろんなものをせりにかけはじめると、父さんの様子を見ているだけでおもしろくなりました。どんな品が出てきてもせりに参加したがり、これはいい買い物じゃないか？　とヨハンにたずねるのです。そのたびにヨハンは、いつもどおり落ち着きはらって、「うんにゃ、やめた方がええですだ！」と言うのでした。

そうしているうちに、とうとう自動束ね機の番になりました。

「まず、五百クローナからはじめなされ」とヨハンがささやき、父さんはそのとおりにしました。と、「五百五十！」とせりあげたのは、レーブフルトのあの男でした。

なんていやなやつ！　この男がまだ新しい自動束ね機を持っていることを、わたしたちは知っていました。ミルク工場で自慢《じまん》していたからです。わたしたちを困らせるために、値段をつりあげたいだけなのです。ほかの人はだれも、せりに加わりません。

「六百」と父さんが言うと、「六百五十」とレーブフルトの男が言いました。わたしはかっとして飛びあがりました。

「七百」父さんの声に、わたしはお祈《いの》りするみたいに指を組みました。しばらく、だれも声をあげません。

「さあ、決まるぞ！　七百、七百、七百でいいか！」係の男の人が叫《さけ》び、買い手が決まった印に槌《つち》を打とうとしたその瞬間《しゅんかん》、レーブフルトの男がどなりました。

「七百五十！」

わたしは、素手《すで》でこの男をやっつけてやれそうな気がしました。父さんはがっかりした顔つきでしばらくためらっていましたが、もう一度声をかけました。

「七百七十五」

わたしはかっと目を見ひらき、レーブフルトの男をにらんでいました。もしもあいつがこのうえ値段をせりあげたりしたら、わたし、死んじゃうかも。そしたら、あいつが生きているかぎり、幽霊《ゆうれい》になって出てやろう……。と、男が大声で「八百！」と叫《さけ》んだので、わたしは本当におかしくなってしまいました。すっかり神経がまいって、隣《となり》にいた、まるで知らない、悪いことなどしそうもないやさしそうな農家のおじさんの腕《うで》に、ぎゅっと爪《つめ》を立ててしまったのです。

次の瞬間《しゅんかん》、金切り声が響《ひび》きました。

「八百五十！」

叫《さけ》んだのは、わたしでした。あたりがざわざわしはじめました。農家のおじさんたちはみな振《ふ》り返ってわたしを見ていますし、せりの係の人は、どういうことですか、とたずねるように、父さんを見ています。

「これはわたしの娘《むすめ》です。娘《むすめ》のつけ値には、わたしが責任を持ちます」父さんがしっかりとうけあってくれました。

レーブフルトの男は、一瞬《いっしゅん》わけがわからなくなったようです。

「八百五十だよ。さあさ、八百五十、八百五十、決まるよ、決まるよ！」係の人がどなっています。わたしはずっと、レーブフルトの男をにらんでいました。たぶん、ものすごく怖《こわ》い顔をしていたのでしょう。そのせいでせりあげられなくなったのか、それとも、もうおもしろくないと思ったのか、結局男は黙《だま》ったままでした。

とうとう槌《つち》が打ち鳴らされ、自動束ね機はわたしたちのものになりました。わたしとシャスティンはわっと抱《だ》きあって、うれしさのあまり、勝利のダンスを踊《おど》りました。せりを知らせる広告には、「信頼《しんらい》でき、かつ身元の明らかな買い手には、六カ月の支払《しはら》い猶予《ゆうよ》期間があります」と書いてありました。父さんはこれ以上ないほど信頼《しんらい》でき、かつ身元が明らかなので、これにあてはまりました。支払《しはら》いまでにそれだけ時間があれば、お金をかき集めることはじゅうぶんできそうでした。ヨハンは、上等の自動束ね機をとにかく安く買えたのだから、と言い、父さんも満足そうでした。

二、三日すると、自動束ね機がリルハムラに届《とど》けられ、牛小屋の前の空き地に置かれました。家の者はみんな、そのまわりをうろうろ歩きまわり、まるでこれが契約《けいやく》の箱（旧約聖書『ヨシュア記』第三章十一など。モーセが神から授かった十戒を刻んだ、二個の平たい石をおさめた箱。ユダヤ人にとってもっとも神聖なもの）だとでもいうように見つめています。父さんはすぐにでも試《ため》し運転をしてほしがりましたが、ヨハンはこう言って首を振《ふ》りました。

「少佐《しょうさ》どの、ライ麦が実るまで待たれるがええだ」

ところが父さんは、どうしても試してみてくれ、と言いはります。自動束ね機に馬をつなぎ、ちょっとだけ、ほんのちょっとでいいから、機械がライ麦を刈《か》って自動的に束ねるところを見せてほしい、と言うのです。

ヨハンは憤慨《ふんがい》して言いました。

「少佐《しょうさ》どの、そりゃ、むちゃですだ。実ってもいないライ麦を、刈《か》り取れと言うんですかい！　そんなこと、ぜったいなさらねえ方がええですだ！」

けれど、シャスティンが取りなしました。

「それは無理ってものよ。ヨハンにはわからないかもしれないけど、父さんにこの機械の試運転を待てと言うのは、クリスマスプレゼントに汽車をもらった子どもに、動かすのは春の復活祭（イエス・キリストの復活を祝うキリスト教のまつり。春分後の最初の満月の次の日曜日）まで待てと言うのと同じなのよ」

そこでヨハンは、ぶつぶつ言いながらも、ブラッケンとシッカンとブレンダを自動束ね機につなぎました。注目の的《まと》の機械はしずしずとライ麦畑に進んでいき、リルハムラじゅうの人が息をのんで見守る中、ライ麦を刈《か》り取り、束ねた束を「それっ！」とばかりに気持ちよく吐《は》き出しはじめました。父さんは、この奇跡《きせき》のような機械を作ったのはマコーミック社ではなく自分だ、とでもいうように、だれよりも誇《ほこ》らしげでした。

「見ろよ、わたしが小さかったころとは大違《おおちが》いだ。よく覚えているよ、あのころは穫《と》り入れというと、まず四人の男が大鎌《おおがま》を手に穂《ほ》を刈《か》っていき、男たちの後ろに四人の女たちがそれぞれついて、刈《か》った穂《ほ》を集め、その後ろにいるさらに四人の女たちが束ねていったもんだ。十二人がかりの仕事だったんだ。それが今じゃ、ヨハンがたった一人でとのさまのように機械の上にじっとすわっているだけで、すんでしまうんだからな」

するとヨハンも言いました。

「ああ、まったくだ。昔は、スウェーデンという国にゃ農業をやりたいって人間がたくさんいたもんだが、今じゃみんな都会へ行っちまうもんだから、仕事をするのは機械になっちまったんだべ」

父さんとヨハンは想像をたくましくして、これから農業はいったいどうなっていくか、ということをわいわいしゃべりはじめました。そのうち畑で働く人なんてまったくいらなくなるんじゃないか、と父さんは言いました。お百姓《ひゃくしょう》が朝起きてすぐにいくつかボタンを押《お》すだけで、たちまちたくさんの機械が動きはじめるのです。ハッチが開いて牛や馬の飼料が自動的に出てくるし、天井《てんじょう》からは長い腕《うで》が下りてきて馬の手入れをするし、ミルクはあっというまにしぼられ、管を伝って加工場へ流れていくし、干し草は自動制御《せいぎょ》の草刈《か》り機で刈られて束にされ、管を通って直接納屋に風で飛ばされて、その途中《とちゅう》で乾燥《かんそう》もすんでしまう、というわけです。

ヨハンは目を輝《かがや》かせて聞いていました。父さんとヨハンが、そういう機械のボタンを押《お》して、たくさんのしかけがいっせいににぎやかな音をたてるのを見たくてうずうずしているのが、わたしにはよくわかりました。ヨハンは熱心にあいづちを打ちました。

「んだ、んだ。それに、おっきくて強力な肥《こ》え散布機がありゃ、もっといい。牛の糞《ふん》を、牛小屋から畑の畝《うね》に直接吹《ふ》っ飛ばす機械だよ」

　すると、シャスティンが言いました。

「その散布機とやらのボタンを押《お》す時には、前もって教えてちょうだいね。そしたらわたし、おもしろそうな本を用意して、一日じゅう部屋にこもってることにするから」

　でも、本当にそういう機械ができてくるまでは、わたしたちは自動束ね機だけでもじゅうぶんうれしいのです。けれどもヨハンは、リルハムラの少佐《しょうさ》どのはある夏まだ実ってもいないライ麦を刈《か》り取るなんていう馬鹿《ばか》げたことをしでかした、と村では末代《まつだい》までも語り継《つ》がれるだろうよ、と言っていました。

　そんなわけで、馬たちはこの日の夕方、刈《か》りたてのおいしいえさをたらふく食べさせてもらえたのでした。


　正直なところ、わたしは元気になれるせりにもっと出かけたいくらいでした。毎日最低の気分だったからです。でも、そのことはだれにも――シャスティンにも言いませんでした。

　けれどもある夕方、クリステルと出かけようとして着替《きが》えていると、わたしのベッドのはしにすわって見ていたシャスティンが、急に言ったのです。

「まったく、何やってるのよ、あんたは！」

「弱っている人にはやさしくしてよ」わたしは震え声で言い返しました。シャスティンにまで責められるなんて、今のわたしには耐《た》えられません。「シャスティンはわたしよりお姉さんで、かしこいんでしょ！」

そう言ったとたん、エンドウマメのような大粒《おおつぶ》の涙《なみだ》がほっぺたをころがり落ちました。シャスティンがやさしく腕《うで》をまわしてくれたので、わたしはシャスティンの肩《かた》にもたれ、とめどもなく泣いてしまいました。そして、泣きながら声をしぼり出しました。

「ねえ、シャスティン、わたしたちが三つ子じゃなかったのは、残念だと思わない？　三つ子だったら、ぜったいにこんなことにはならなかったもの。三人の男の子に、三人の女の子がいれば、ちょうどぴったりでしょ」

「かもね」と、シャスティン。「でも、その三人のうちのだれがビヨルンとつきあって、だれがクリステルと出かけるのよ？」

「そんなの、わたしがビヨルンとつきあうのよ！　決まってるでしょ！」

わたしはとつぜん、生まれてもいないその三つ子の三人目に、すごく腹がたってきました。何を勝手に割りこもうとしてるの？　あんたが赤いスポーツカーでどこへ行こうとかまわないけど、お願いだからビヨルンには近づかないで！　わたしのビヨルンを取ろうとするような子なら、生まれてこなくていいわ！

けれど、それ以上三人目の子に怒《おこ》っている暇《ひま》はありませんでした。門のところで、聞きなれたクラクションが鳴ったからです。あわてて冷たい水で顔を洗い、ベレー帽《ぼう》をななめにかぶって出ていこうとすると、「行ってらっしゃい、お馬鹿《ばか》さん」とシャスティンが、慰《なぐさ》めるつもりなのか、わたしのみぞおちのあたりにパンチを一発お見舞《みま》いしてくれました。

クリステルは、いつものようにほがらかで元気でしたし、わたしも機嫌《きげん》よくおしゃべりしていました。今日は、二、三十キロほど先の景色を見に行くことになっていました。

目的地に着いて、車をとめるかとめないかのうちに、クリステルはわたしの目を見つめて言いました。

「ぼく、きみに夢中なんだ、バーブロ！　きみはほかの人とは違《ちが》う。これまでに出会ったほかのどんな女の子とも、違《ちが》ってるんだ」

「まあ、わたしなんかにそんなこと言っていいの？　そんなセリフで、今まで何人の女の子をめろめろにしてきたのかと思っちゃうわ」

クリステルが、まだ若いのにそんな皮肉を言うもんじゃないよ、とたしなめたので、わたしは反論しました。このくらいの皮肉は、健康な農家の娘《むすめ》にとっては普通《ふつう》のことなのよ、と。

クリステルとわたしは、かなり長いあいだ、そこで景色をながめていました。わたしは、こんなことをしているのが本当にいやになってしまいました。でもおかげで、かえって気持ちが固まり、自分が生きているかぎりこの決心は変わらない、という気がしました。

家まで送ってもらい、門のところでクリステルの車を降りた時、わたしはあらたまって言いました。ドライブして一緒《いっしょ》に景色をながめる女の子は、ほかにさがして、と。

「できれば、強い人を見つけてね」と、わたしは言いました。「性格も腕《うで》っぷしも強い人。あなたには、そういう人がお似合いだと思うわ」

13

わたしの苦しみとはぜんぜん関係なく、リルハムラの毎日はすべて順調に進んでいました。わたしも、心痛のあまり病気になるのでは、と思いながらも、せっせと干し草を取りこみ、納屋の屋根裏にしまわなくてはなりませんでした。

ヨハンは、若い女の子に山のような干し草を運ばせるなんて危険だ、とずっと反対していましたが、シャスティンとわたしは、二頭の馬に引かせた荷車でこの仕事を引き受けていました。そして、たしかにヨハンの心配したとおりになってしまいました。ある日のこと、わたしは石に乗りあげてしまい、荷車ごとひっくり返ったのです。もしも運が悪ければ、ひどい怪我《けが》をして、将来がめちゃめちゃになっていたかもしれません。それまでは、わたしとシャスティンが馬をあやつって荷車を引くのにぜんぜん反対せず、ヨハンは心配しすぎだよ、と言っていた父さんが、日焼けしていてもわかるくらい青くなり、今度は、ミルクの運搬《うんぱん》もやめた方がいい、と言いだしました。

けれどヨハンは、干し草を高く積んだ不安定な荷車をあやつるあぶない仕事と、軽いミルクをただ運んでいくのとでは雲泥《うんでい》の差がある、と言いました。ヨハンの言うことはいつも正しいのです。そこで、わたしたちのかわりにヨハンとウッレが荷車をあやつり、フェルムが、草原で荷車に干し草を積みあげることになりました。わたしとシャスティンは納屋の中で、干し草の束《たば》を下ろすのを手伝うのです。積みおろしの仕事はひどく面倒でしたが、危険はまったくありませんでした。

フェルムの子どもたちにとっては、干し草をしまう作業は最高に楽しいことでした。子どもたちは荷車に乗せてもらったり、納屋の中をスズメのようにちょこまか動きまわったりしていました。屋根のすぐ下の高い梁《はり》に登って、そこから下の干し草の山めがけてまっさかさまに身を投げたりもします。そのたびにわたしはぎゅっと目をつぶり、あの子の内臓は飛び出さずにすんだかしら、それならまったく奇跡《きせき》だわ、と思うのでした。

二日つづけて雨が降ったりすると、濡《ぬ》れた干し草がもう一度乾《かわ》くまで、取りこむ作業は中断します。でも、仕事がなくなることはぜったいにありません！　世の中にそんなにたくさんの仕事があるなんて信じられないでしょうが、田舎の農家には本当に、山ほど仕事があるのです。

たとえば、シャスティンとわたしは菜園の世話をしています。菜園には、いくら時間をかけてもたりません。二人がかりで汗《あせ》だくになってかなり徹底的《てっていてき》に草取りをしたあと、二日後ぐらいに、野菜がどんなにすくすく伸《の》びたかしら、と楽しみにして見に行くと――野菜はもう、雑草と区別がつかなくなっています。こんなによくおいしげる雑草なんて、見たことがありません。シャスティンが言いました。

「ここは、おそろしく肥《こ》えた土地に違《ちが》いないわ。こんなことがつづくようだと、そのうちブラジルのジャングルみたいに、斧《おの》を持って、木や草を切りまくって進まなくちゃならなくなるわね」

また、リルハムラにはたくさんのサクラの木があり、サクランボも熟《じゅく》してきました。わたしとシャスティンは、父さんにそう呼ばれているせいか、いよいよ本物のサクランボが実るのを目《ま》のあたりにすると、うれしくてたまらなくなりました。もちろん、サクランボの収穫《しゅうかく》でさらに忙《いそが》しくなりましたが、二人だけでやるわけではなく、父さんと母さん、それにエディトも手伝ってくれました。でも、木の一番上まで登って穫《と》るのは、シャスティンとわたしの仕事なのです。

人生で最高に楽しく、幸せなことの一つは、お日さまが輝《かがや》いている日に、腰《こし》にカゴをくくりつけてサクラの木に登り、赤く熟《う》れた大きなサクランボをカゴの中に入れたり、喉《のど》が渇《かわ》くと自分の口にもほうりこんだりすることでしょう。この意見は、わたしが生きているかぎり変わりません。

それに幸運なことに、リルハムラには、村のほかの農場よりもサクラの木が多いのです。

収穫《しゅうかく》したサクランボは自分たちで食べたり、人にあげたり、乾燥《かんそう》させて保存したり、売ったりします。シーズンのあいだはほとんど毎日、ミルク運搬用《うんぱんよう》の馬車にサクランボの箱も二つ三つのせて、鉄道の駅まで運びます。駅には、サクランボを都会へ送る仲買人《なかがいにん》がいて、買ってくれるのです。わたしたちが、ばちがあたりそうなほどたらふく食べているサクランボを、べらぼうに高い値段で買わされる都会の人たちが、気の毒になってしまいます。けれどもわたしたちは、そのままべらぼうな代金をもらえるわけではありません。仲買の人たちも生きていかなくてはならないので、しかたありません。

でもある日わたしとシャスティンは、仲買人にたのまず、自分たちでサクランボを売ってみることにしました。砂糖の入っていた箱にサクランボを詰《つ》め、自転車の後ろにのせて〈町〉の広場へ運び、午前中いっぱいかけて張りきって売ったのです。値段は安くしましたし、おなかが減ってるような顔をしたお金のない子どもには、ひと袋《ふくろ》あげたりもしました。でも、家に帰って数えてみると、二十六クローナと五十オーレの売上がありました。わたしたちはそのお金をそっくり父さんに差し出しましたが、父さんは、取っておきなさい、と言いました。

「そんなに甘いこと言って、あとで後悔《こうかい》するんじゃない？」と、わたし。

「ねえ、父さん、半分だけでも取ってよ」シャスティンが心の広いところを見せました。

けれど父さんは、そのお金はわたしたちのものだ、と言って、どうしてもゆずりません。そこでわたしとシャスティンは、ありがとうと言って、チュッと音をたてて父さんにキスをしてから、〈サクランボの住みか〉へと駆《か》けこみ、お金をからの葉巻の箱にしまいました。まるで、スウェーデン国立銀行を手に入れたような気がしました。

ところが困ったことに、ちょっとお金が手に入ったせいで、おそろしく欲が出てきてしまいました。わたしたちはすぐに、サクランボだけじゃなく、くず鉄も集めて売ったらいいわ、とか、ほかにも売れるものがあるんじゃないかしら、と話しはじめ、まず、リルハムラにあるおんぼろの鋤《すき》や鉄製の農機具に目をつけました。そしてヨハンに、うちの農場にある道具類は全部くず鉄にして、新しいのを買いましょうよ、と持ちかけましたが、買う金がたまるまで落ち着いて待ちなされ、とことわられてしまいました。それでも、シャスティンは自信たっぷりでした。

「新しいのを買うお金なんて、くず鉄をちょっと売ればすぐにかせげるじゃないの。それに、このへんの農場をまわって、歌ったり、寸劇をしたり、トランプの手品を見せたりしてもいいし。あんたとわたしで、背中をそらしてブリッジをして見せるだけで、少なくとも二十五オーレの値打ちはあるわ！」

でもわたしが、このあたりでそんなことをしたってだれも見に来ないわよ、と言うと、シャスティンも考え直しました。それにどっちみち、いつもいつも忙《いそが》しくて、くず鉄を集める時間なんてありませんでした。

働くのは大変でしたが、自分が必要とされていることがはっきりわかるので、とても満足感がありました。もしもわたしが仕事をしない、と言いだしたら、みんなが困ることがわかっているのですから。リルハムラでは、どんな仕事もみんなで力を合わせてやることにしていました。そして一家総出で仕事をしているうちに、お互《たが》いに強い連帯感が生まれていたのでした。

もしもビヨルンがあれきり姿を見せなくなっていなければ、そして、そのことで自分を責めていなければ、わたしは申し分なく幸せだったでしょう。でもしだいに、自分ではどうしようもないくらい気持ちが煮《に》つまってしまい、だれかわかってくれる人に話さずにはいられなくなってきました。そこである晩、母さんが一人で、台所で瓶《びん》づめにするルバーブ（食用大黄。煮てジャムなどにする）をきざんでいた時、わたしはそばの薪《たきぎ》入れの箱にすわって、話しはじめたのです。

「母さん、働くだけじゃ、やっぱりだめだわ」

「あら、どうして？　どういう意味なの？」と、母さん。

「幸せになるためには、という意味よ。覚えてる？　母さんが、働くことが大切だって言ったのよ。だからこのところ、わたし、奴隷《どれい》のように懸命《けんめい》に働いてみたわ。でも、幸せな気がしないの！　幸せになるためには、ほかにも何か、こつがあるに違《ちが》いないわ。わたしがまだ知らないか、それとも、もう忘れてしまったようなことが……」

母さんはしばらく黙《だま》ってルバーブをきざんでいましたが、それからわたしの顔を見て、思いやりのある声で言いました。

「たしかに、バーブロが忘れていることがあるような気がするわ。聖書には幸せになるこつがたくさん載《の》っているけれど、その中にこんなのがあるの。『何事でも、人々からしてほしいと望むことは、人々にもそのとおりにせよ』（新約聖書『マタイによる福音書』第七章十二）言いかえれば、もしもあんたがだれかに、自分に対して誠実であってほしいと望むなら、あんた自身が誠実でなくちゃならないということよ。自分はずっと誠実だったと思う?」

「ううん、母さんの言うとおりね。わたしは誠実じゃなかった! でも、じゃあ、どうすればいいの? これから死ぬまでずっと後悔《こうかい》で苦しみつづけて、もうけっして幸せにはなれないの?」

「さあさあ、大げさなこと言わないで! あと少なくとも五、六回は恋《こい》をするかもしれないんだから、覚悟《かくご》しておきなさい! だけど、もしもバーブロが悪いことをしたと思うなら、許しをこうのが一番いい方法よ。たとえあやまっても許してもらえなかったとしても、これから先は、だれかとおつきあいする時に、自分がしてほしいことを相手にもしてあげるように、気をつければいいんじゃないかしら。隣人《りんじん》に自分を好きになってほしいのなら、こちらからまず好きになりなさい! すべての隣人《りんじん》を愛せるということが、幸せになる一番のこつよ」

「たしかに、母さんの言うことはりっぱだと思うわ。でもわたしは、隣人《りんじん》を好きになりすぎて、不幸になってるの。一度に二人の隣人《りんじん》を好きになろうとして、一人あまらせてしまったの。それなのに、世界中に二十億人もいる隣人《りんじん》をすべて愛せると思って?」

母さんは、隣人《りんじん》を愛するのと特別な人を愛するのは違《ちが》うのよ、と根気《こんき》よく説明してくれました。そして、すべての隣人《りんじん》を愛しなさい、としつこく言いつづけました。

「わかったわ、母さん」わたしはおとなしく言いました。「でも、レーブフルトのおじさんだけは例外にしてもいいかしら?」

　母さんは笑って、考えておくわ、と言いました。その時シャスティンが、家の外から大声で「湖に行って水浴びをしようよ」と誘《さそ》ったので、わたしは駆《か》け出していきました。

「遅《おそ》くならないのよ！　水からあがったら、風邪《かぜ》を引かないように、よく拭《ふ》くのよ！」母さんが声をかけました。

「わかったわ、母さん。そのとおりにするわ！」わたしはおとなしく言って、それからつけ加えました。「ねえ、母さんって、年よりのフクロウみたいにかしこいのね」

　だって、自分の親にも時々は、元気づけるような言葉をかけてあげなくちゃいけない、と思ったから。

　水浴びのあと、わたしは牛小屋の後ろにつないであったアダム・エンゲルブレクトのところへ行き、小屋の中へ入れてやりました。アダム・エンゲルブレクトが鼓腸《こちょう》症《しょう》にかかって死にかけてからというもの、父さんは、夜はぜったい牛小屋に入れることにしています。朝になったらアダム・エンゲルブレクトが死んでいた、なんてことになるのが怖《こわ》いのです。

　小屋の中へ入るとアダム・エンゲルブレクトは、うれしそうに仕切りに体をごしごしとこすりつけました。もっと気持ちよくしてやろうと思って、わたしはブラシをかけはじめましたが、母さんと話したことで、心の中に押《お》さえこんでいたつらさがあふれ出してきたせいか、つい、ぐちをこぼしてしまいました。

「ねえ、アダム・エンゲルブレクト、あんたよりもっとお馬鹿《ばか》さんな人の顔が見たかったら、ちょっとでいいからこっちを見て。わたしって馬鹿《ばか》なのよ、わかる？　人でなしなの。ううん、やっぱり馬鹿《ばか》なの、違《ちが》うなんて言わないで！　わたしが何をしちゃったか、あんたはもう知ってるわよね？　リルハムラじゅうのうわさになっているもの。

だめだめ、アダム・エンゲルブレクト、格言なんか持ち出さないで。『一人を失っても千人が残る』（スウェーデンの詩人エサイアス・テグネール（一七八二―一八四六）の長編叙事詩『フリショフ物語』に登場する文章。恋人になる女性はまた現れる、という意味）なんて。そりゃあ、あんたはいいわよね、牛小屋は魅力的《みりょくてき》な雌牛《めうし》でいっぱいだもの。今は雌牛《めうし》たちは牧場で草を食べているけれど、秋になれば、この牛小屋のあんたのもとに集まってくるんだから。だけどわたしは、そうはいかないの、わかる？　わたしが好きなたった一人の人は去ってしまって、もうぜったいに戻《もど》らないの。それも、わたしが悪かったせいで！

べつの男の人でまにあわせられないかって言うの？　ウーン、あんたはやっぱり雄牛《おうし》ねえ。じゃあ、うちの雌牛《めうし》のエールフムラに、ブロムキュッラの雄牛《おうし》が色目を使いだしたら、女の子にも責任はあるんだって、エールフムラに言ってやってちょうだい。あんたも見てたでしょ、わたしがどんなに得意になっていたか。言いよられて、うれしそうに笑い、かわいい顔をしてみせて、すっごく自慢《じまん》そうだったでしょう？　認めるのは恥《は》ずかしいけど、ここだけの話、あのかっこいい車にひかれてたの！　それに、飛行士の制服にも！　ひどい話だけど、本当なの。でも信じて、もうすっかり目が覚めたわ。全身金銀のモールだらけの軍服で正装した陸軍少佐《しょうさ》が来ても、もう目をひかれたりしない。

あやまればいいって母さんは言うんだけど、あんたはどう思う？　もしあやまって、ビヨルンの気持ちがちょっとでも戻《もど》るってわかってれば、わたし、喜んであやまるわ。でも、ビヨルンの心は戻《もど》らないわよね。あんたもたぶんそう思ってるんでしょ！　ビヨルンとはおしまいなの、永久に！」

わたしは牛の手入れ用のブラシを放り出し、小屋を飛び出しました。泣いているのを、アダム・エンゲルブレクトに見られたくなかったから。

14

さて、七月のある日、フェルムのおかみさんのヒルダが、ひどい腹痛を起こしました。ところが根っから丈夫《じょうぶ》な人なので、医者に行くなんてたいそうなことをするぐらいなら痛みを我慢《がまん》した方がいい、と思って家で寝《ね》ているうちに、盲腸《もうちょう》が破裂《はれつ》してしまったのです。さすがにそうなると、救急車を呼んで〈町〉の病院へ運ぶ、という騒《さわ》ぎになりました。子どもたちは声を張りあげて泣きわめき、フェルムもおろおろして、心底まいっていました。けれども、もう次の日には母さんのところへ来て、ヒルダにもしものことがあったらだれと結婚《けっこん》したらいいだろう、できれば若くてきれいな人がいいんだが……と相談したのです。

母さんは、世間でハンサムと言われる姿から少なくとも二、三メートルは離《はな》れている、かぎたばこでうす汚《よご》れたフェルムの姿を、文句ありげな目つきで見て言いました。あんたと喜んで結婚《けっこん》したいと言う人を見つけるのは、そんなに簡単じゃないと思うけど……と。でもこの時点では、フェルムは自信満々でした。もちろん、ヒルダと一緒《いっしょ》にいられるに越《こ》したことはないけれど、先のことをちょっと考えとくのも悪くはなかろうと思って、と言いわけしながらでしたが。

「それよりもまず、家のことと子どもたちの世話をしてくれる人をさがしたら?」と、母さんはフェルムに助言しました。

フェルムはそうする、と言い、実際にさがしはしたのですが、結果はさんざんでした。農家というのは、だれか一人が病気になっただけで、たちまち大混乱になってしまいます。かわりの働き手なんて見つかりっこないからです。とりあえず、乳しぼりはシャスティンが代役を務めることになりました。腕《うで》のよさを買われたのよ、とはじめは大いばりでしたが、二、三日つづけて朝の五時に起きたあとは、シャスティンもすっかり元気がなくなり、かなり搾乳機《さくにゅうき》派に傾《かたむ》いてきて、うちにもあるといいのに、と言いだしました。

フェルムは泣き叫《さけ》ぶ子どもたちを抱《かか》えて、にっちもさっちもいかなくなっていました。年上の二人の子どもたちは、夏のあいだは仕事で家を離《はな》れていました。農場よりは工場で働く方がはるかにいい、と言って、〈町〉の近くの工場に行っているのです。また、一番下の子は、おかみさんが病院へ連れていっています。それでも、四歳《さい》から十歳《さい》までの五人が残っていました。そこで、わたしは言いました。

「わたし、子どもたちの世話を引き受けるわ。そうしたら、自分の心の痛みなんて、考えている暇《ひま》がなくなるもの」

「本気でできると思ってるの？」母さんは疑わしそうに言いましたが、同時に、助かった、という顔をしていました。ほかには解決する方法がなさそうだからです。エディトがいなくては、ほかの仕事がまわりません。お乳をしぼったり、鶏《にわとり》や豚《ぶた》の世話をしたり、洗濯《せんたく》にアイロンがけ、ブラシを使っての床《ゆか》みがき、パン焼き、皿洗いなどもあるのですから。シャスティンも乳しぼりにサクランボ穫《と》り、畑の世話や、ほかにも次々に出てくる外仕事の手伝いで手いっぱいです。

そこでわたしは大きなエプロンをつけ、お母さんらしい顔を作って、新しい仕事場へとゆっくり歩いていきました。

フェルムの家の玄関《げんかん》の階段の上には、亜麻色《あまいろ》の髪《かみ》に青い目をした、互《たが》いにそっくりな子どもたちがおとなしくすわって、わたしが来るのを待っていました。わたしは、お母さんのいないかわいそうな子どもたちの期待にこたえようとして、まじめな口ぶりで言いました。

「いい子のみんな、しばらくのあいだ、お姉さんがあんたたちのお世話をしますからね。どれだけのことができるかわからないけれど、いいこと、おとなしく言うことを聞いてちょうだいね」

わたしがちょっとおどすように人差し指を立ててみせると、「バーカ」と、リル-カッレが言いました。

わたしは子どもたちを押《お》しのけて、中へ入りました。でも、台所の入口で棒立ちになってしまい、いったん目をつぶってから、またあわてて開けました。

ああいやだ、残念ながら、目の錯覚《さっかく》じゃなかったようです。洗い物が流しいっぱいに山のように積まれて、ほったらかされています。それだけではなく、部屋の中はどこもかしこも似たような状態だったので、片づけに取りかかる前に、ぶつぶつと声に出して自分を励《はげ》まさなくてはなりませんでした。けれど、とにかく片づけはじめたのです！

まず、鍋《なべ》をかまどの上に置いてお湯を沸《わ》かし、年上の二人の男の子、ベングトとヴァルテルには、薪《たきぎ》と水をもう少し運んできて、とたのみました。そして、およそ一時間もかけて、ガチャガチャお皿を洗ったのです。真ん中の二人の女の子、ルートとアンナは、お皿を拭《ふ》くのを手伝ってくれました。それから、部屋じゅうを掃除《そうじ》してごみを捨て、フェルムが牛小屋から戻《もど》ってくる前に、昼食用の豚肉《ぶたにく》とジャガイモを焼きました。

午後になって、また子どもたちとわたしだけになると、がぜんやる気が出てきて、お湯をどんどん沸《わ》かし、大きなたらいを外の階段の上に置いて、ブラシと石けんを手に、あわれな子どもたちを次々洗いにかかりました。どの子も、フェルムのおかみさんが病気になってから、石けんで体を洗っていないことはたしかでした。その前だって相当長いこと、洗っていなかったのかもしれません。有無を言わせず、一人につき十分《じっぷん》ほどブラシでこすると、ようやく子どもらしいピンク色のきれいな肌《はだ》が見えてきました。子どもたちはみな、とくに男の子たちは、かなりギャーギャーと騒《さわ》ぎましたが、わたしは動じずに、情《なさ》け容赦《ようしゃ》なくせっせとブラシを動かしました。

それから庭のホースで石けんを洗い流しましたが、これは子どもたちも気に入ったようでした。わたしが魔法使《まほうつか》いで、ホースの水は、あたったら死んでしまう魔法使《まほうつか》いの炎《ほのお》だ、ということにしたら、子どもたちはキャアキャアと叫《さけ》び声や笑い声をあげながらものすごいいきおいで逃《に》げだし、わたしのまわりを駆《か》けまわりました。リルｰカッレだけは、もしもその炎《ほのお》にやられたら本当に死んじゃう、と信じこんだらしく、本気でおびえていました。わたし自身も追いまわすのに熱中し、子どもたちと変わらないくらい楽しい思いをしました。でも、ふと気づくと、みんなの顔が寒さで青くなっていたので、あわててベッドに入れました。

家の中には、三つのベッドがありました。一つは、台所のソファの下の引出しがベッドになるもので、フェルムとおかみさんが使っています。あとの二つはべつの部屋にあり、その片方にベングトとヴァルテルが、もう片方に、ルートとアンナとリルｰカッレが寝《ね》るのです。

わたしは愛情をこめてふとんをかけてやり、みんなを寝《ね》かしつけました。それがとても楽しかったので、いつか自分の子を少なくとも十人、毎晩ベッドに寝《ね》かしつけることにしよう、とその場で決めたほどです。

リルｰカッレがお話をせがんだので、男の子が森に出かけていって、岩の後ろで百万クローナ分の金貨を見つける、というお話をしてやりました。そのあと、もしも百万クローナ分の金貨が手に入ったらどうするか、という話になりました。ベングトとヴァルテルは飛行機と車とキャラメル、アンナとルートは人形やかわいい服、ネックレスや自転車を買いたい、と言いました。リルｰカッレは、最初は黙《だま》っていましたが、しばらく考えてからこう言いました。

「百万の金貨があったら、自分だけのベッドがほしいな」
わたしは、リルｰカッレをまじまじと見ました。二人のお姉さんにはさまれて、鼻先だけがちょこっと見える様子はとてもかわいくて、ちょっと感動的でした。その瞬間《しゅんかん》、わたしは、リルｰカッレに自分だけのベッドを持たせてやろう、と決心したのです。どこかでベッドを手に入れなくちゃ！

でも、遠くまで行く必要はありませんでした。翌日《よくじつ》、アンに電話をして相談したら、すぐに解決したのです。わたしは、ミルク運搬用《うんぱんよう》の馬車に馬をつなぎ、モストルプまで飛ばして、チビのクラースが小さい時に使っていたベッドをもらってくるだけでよかったのです。

本当にいいベッドでした。木の枠《わく》に、昔クラースが何か気に入らないことがあった時につけたらしい歯型がいくつかついているほかは、どこも傷《いた》んでいません。マットレスもついていましたし、毛布は、アンのやさしいお母さんがくれました。それから、ちょうどその日の夕方に休暇《きゅうか》を終えて出発することになっていたトールとクリステルの見送りを受けて、家に帰ってきました。

わたしは、この収穫《しゅうかく》にたいそう満足していました。仕上げに古いシーツを二枚、母さんにねだると、いっさいがっさいをフェルムの家の屋根裏部屋に運びこみました。リルｰカッレにはないしょにしておいて、あっと驚《おどろ》く贈《おく》り物にするつもりでした。

贈《おく》り物は、本当にうまくいきました。ほかの子どもたちには前もって話しておき、その日の夜、寝《ね》る時間の少し前に、ベッドを屋根裏から下ろし、きちんと寝《ね》られるようにして部屋の真ん中に置きました。ほかの子はみんな、リル－カッレがベッドを見たらなんて言うだろう、と興味しんしんで、大あわてで寝《ね》る用意をし、ベッドにもぐりこみました。リル－カッレだけがまだ、これから起こるうれしいことを知らないのです。

その晩、リル－カッレは牛小屋のフェルムのところに行かせてありました。八時ごろに、汚《よご》れておなかをすかせたリル－カッレがどかどかと入ってくると、わたしは夕食を食べさせ、台所で体をきれいに洗ってやりました。それから、こう声をかけました。

「ほかのみんなはもう、ベッドに入ってるわよ。お話が聞きたいなら、急いで！」

リル－カッレは寝室《しんしつ》に飛びこんでいき……ベッドを見つけて、さっぱりわけがわからないという顔になりました。

「それ、リル－カッレのベッドだよ！」と、兄さん姉さんたちがうれしそうにどなりました。

リル－カッレが、とまどったような目でわたしを振《ふ》り返ったので、本当にあんたのベッドよ、と二回もうけあってやらなくてはなりませんでした。リル－カッレは、信じられない、というようにちょっと笑い、ベッドに近づいて、そうっと指で押《お》してみました。それからベッドをパンパンとたたくと、なんともいえないうれしそうな顔で中にもぐりこみました。その夜も、わたしはお話をしましたが、リル－カッレはじっと横になって、時々シーツをなでたり、ベッドの木の枠《わく》をさわったりしているだけで、ぜんぜん聞いていませんでした。

次の日、わたしは大掃除《おおそうじ》に取りかかりました。わたしはもともと、いろんなものをざぶざぶ洗ったりするのが好きですし、実際、大掃除《おおそうじ》の必要があったのです。フェルムのおかみさんは、これまでもあまり掃除《そうじ》をしていなかったようでした。あまりにもすることがたくさんありすぎたせいでしょう。牛の乳をしぼり、ミルクの容器を洗い、こんな大家族の食事を作り、洗濯《せんたく》もする、となると、ちょっとしたごみや埃《ほこり》なんて気にしていられなかったのでしょう。

まったく、一八〇〇年代の中ごろから積もっていたのかと思うほどの埃《ほこり》でした。壁《かべ》や天井《てんじょう》は黒い汚《よご》れですっかりおおわれていましたし、カーテンも早く洗濯《せんたく》してほしいと叫《さけ》んでいるようでした。わたしは、こういう仕事は大好きです。掃除《そうじ》をしたところは、目に見えてきれいになっていくからです。ごみや埃《ほこり》をざっと取ったのち、ブラシをかけたり、こすったり、みがいたり、窓ガラスを拭《ふ》いたり、カーテンを洗ったりしたので、フェルムは落ち着かないあまり、牛小屋に引っこそうかと真剣《しんけん》に考えはじめたほどでした。食器棚《しょっきだな》にはきれいな紙を敷《し》き、ふとんを干し、シチュー鍋《なべ》をみがき、かまどもきれいにし……。わたしの手はひどく荒《あ》れましたが、傷ついた心は少しらくになりました。

大掃除《おおそうじ》が終わると、リル＝カッレと女の子たちを連れて、部屋に飾《かざ》る花を摘《つ》みに行きました。イトシャジン、ロクベンシモツケソウ、ケシ、そのほか何種類かの花できれいな花束を作り、台所のテーブルの上に飾《かざ》りました。お日さまがぴかぴかの窓ガラスから差しこみ、部屋じゅうが気持ちのいい匂《にお》いに包まれています。わたしは自分の仕事の成果にすっかり満足しました。そのすぐあと、シャスティンが様子を見に来た時、わたしはうっとりとして言いました。

「いい匂《にお》いがするの、気がついた？」

ところが、シャスティンはあっさりと言いました。

「スウェーデンの牛や馬の匂《にお》いね。この匂《にお》いは、それ以外の何ものでもないわ！」

そう言われればたしかに、シャスティンの言うとおりでした。たぶん、さっきフェルムがまたコーヒーを飲みに、ちょっとだけ帰ってきたせいでしょう。この世のほとんどのものは死んだり、消えたり、なくなったりしますが、牛の世話をする男の体にしみついた牛小屋のなつかしいような匂《にお》いだけは、永久に消えないようです。

わたしは、お料理はあまりしたことがなかったので、「水分を少なめにして、急速に熱を加えてゆでなさい」とか、「普通のホワイトソースを作りなさい」とか、妙《みょう》なことが書いてあるお料理の本を、目が痛くなるほど真剣《しんけん》に読みました。そしてまず、「普通のホワイトソース」を作ろうと全力で取りかかったのですが、失敗してしまいました。今まで見たこともないような、普通でない何かができてしまったのです。

べつの時には、お米でミルクがゆを作ったのですが、このおかゆはリルハムラで長いこと語りぐさになってしまいました。

まず最初に、子どもたちが何人いるのかもう一度数えて、かわいそうなちっちゃな子どもたちにおなかいっぱい食べさせなきゃ、と考えました。そこで、お鍋《なべ》にたっぷり半分ほどお米を入れてからミルクを加え、かまどにかけて、リル-カッレの髪《かみ》の毛をとかしにかかりました。いい気分で髪《かみ》の毛をきれいにしてやっていると、台所の方からプクプクという音がしてきました。お米が、すごいいきおいでふくれだしていたのです。わたしはあわててもっと大きなお鍋を出して、移しかえました。そして、再びリル-カッレの髪《かみ》の毛をとかしはじめたのですが、またしてもプクプクという音が聞こえ、かまどにはさらにぐんとふえたおかゆが！　またべつのお鍋を出すことになりました！　この時は、木の実でジュースを作る時の大鍋を使ったので、ようやくあふれずにすみました。

そのあとわたしは、事前に見るのを忘れていたお料理の本をめくってみました。すると六人分のミルクがゆの材料として、一カップ半のお米、と書いてありました。わたしはたぶんお米を八カップか、十カップほども入れた気がするので、三十人分以上のミルクがゆができてしまった計算です。本当に、三十人に食べさせてもまだあまるくらいありました。

それからというもの、フェルムの家では毎日ひたすらミルクがゆを食べました。テーブルに四回目におかゆを出すと、かなり文句が出ましたが、わたしは不平をことごとく押《お》さえこみました。

そして、こんなにおいしいおかゆを食べられたらすごく喜ぶ子どもたちが世界じゅうにたくさんいるのよ、と言って聞かせました。

「じゃ、その子たちにこれ、あげるよ」と、ヴァルテルはいやそうに自分のおわんを見て言いました。

　ちょうどその日、母さんが、フェルムの家のことはちゃんとできているの、とわたしにたずねました。

「どんなものを食べさせているの？」

「ええとね……たいていはミルクがゆね」と、わたしは答えました。

　けれども、もっとうまく作れたメニューもたくさんあったのです。リンゴやプラムをクリームであえた甘《あま》いデザートなんか、コックさんが作ったもののようでしたし、ニシンや豚肉《ぶたにく》を焼く腕《うで》前《まえ》の認定書があったとしたら、ぜったいにもらえたはずです。だから、たまに夕食の料理に失敗したとしても、心の糧《かて》の方が大切なんだから、と自分を慰《なぐさ》めることができました。

　子どもたちをベッドに入れるには、お話してあげる、と言って誘《さそ》うのが一番でした。子どもたちは毎晩、サンポ・ラッペリル（フィンランドの童話作家サッカリアス・トペリウス（一八一八—九八）の童話の主人公。体は小さいが恐れを知らない子）やおやゆび姫のお話が聞きたくてたまらず、体を洗うのを適当に切りあげていました。

　アンナは、いつも聖書のお話を聞きたがりました。でも、ヨセフとその兄弟のお話（旧約聖書『創世記』第三十七章）をした時、兄弟たちはヨセフを水のない井戸《いど》に投げこみ、そのあと奴隷《どれい》商人に売り飛ばしたのよ、と話すと、アンナはふとんにもぐって泣きだしてしまいました。そこでお話をはしょって、エジプトで奴隷《どれい》になっていたヨセフが、夢を解きあかす力を認められ、ファラオ（古代エジプトの王）から指輪をもらってえらくなるまでを、大急ぎで話してやりました。

　アンナとリル‐カッレの二人が、イエスさまが子どものころのお話を聞きたい、と言った時には、わたしが小さいころに読んだ絵入りの古い聖書を家から取ってきて、見せてやりました。その中に、十二歳《さい》のイエスさまが神殿《しんでん》にいる絵がありました。イエスさまはお休みに、両親と一緒《いっしょ》に、この美しい神殿《しんでん》のあるエルサレムへ旅をしたのよ、と話してやると、アンナは考え深げに言いました。

「イエスさまが十二歳《さい》で旅行したのは、ほんとによかったわ。半額の子ども料金で行ける最後のチャンスだったんだから」

　節約好きのアンナは、最近初めて汽車に乗って、半額料金というしくみにいたく感心していたのです。

　わたしは本当に心からフェルムの子どもたちが好きになり、楽しくやっていたのですが、やはり家事に不慣れだったため、だんだんひどく疲《つか》れるようになりました。それで、フェルムが自分の妹を呼びよせて家事と乳しぼりをやってもらうことにした、と聞いた時には、ずいぶんほっとしました。

最後の数日間は、その人にできるだけきれいな状態で引き継がなくちゃ恥《は》ずかしい、という気持ちから、家じゅうどこもかしこもぴかぴかにしようと、ふらふらになるほど働きました。おかげでわたしはへとへとに疲《つか》れてしまい、子どもたちに対して怒《おこ》りっぽくなりました。

ある日はとくに、何もかもうまくいきませんでした。やることなすこと失敗ばかり、子どもたちもいつもより騒々《そうぞう》しいようでした。もしかしたら、そんな気がしただけかもしれませんが。その日、わたしは子どもたちの夕食にパンケーキを焼くことにしていました。腹ぺこの子どもたちはテーブルのまわりにすわって、カラスのようにギャアギャアと叫《さけ》んでいました。ところが、パンケーキのたねは鉄板に流しこむたびにくっついて、わたしが歯ぎしりしながら鉄板と格闘《かくとう》しても、結局、すべてぐちゃぐちゃした小麦粉の小さな塊《かたまり》になってしまいました。

ちょうどそこへリルｰカッレが入ってきて、スボンのお尻《しり》に開いた大きな穴を見せて言ったのです。

「ズボンはこれしかないんだ。すぐに直して！　でないと、明日、外に出られないや」

わたしは思わずカッとして、じだんだ踏《ふ》んでどなりたくなり、リルｰカッレの腕《うで》を強くつかんで揺《ゆ》すりながら、「今すぐなんて直せないわよ、これしかないならお尻《しり》を出して歩きなさい！」と、言ってしまいました。すると上の子たちはこの言葉がすっかり気に入ってしまい、くり返しはやしたてました。リル－カッレがワーンと泣きだしたので、わたしの怒《いか》りは今度は上の子たちに向かいました。もし「お尻《しり》を出せ」なんてあと一回でも言ったら、年を取っても忘れられないほどひどくぶってやるから、とおどしたのです。それから子どもたちを全員ベッドへと追いやり、とげとげしい態度で、今日はお話もなしよ、と言いました。

リル－カッレが訴《うった》えるように言いました。

「そんなに怒《おこ》ったら、ちっともおもしろくないや」

「いつもいつも、にこにこしてるわけにはいかないの」と、わたしはしかめっつらで言いました。意地悪なことを言うたびに自分のことがいやになり、自分がいやになると、ますます不機嫌《ふきげん》になってしまいます。そこでわたしは子どもたちに荒《あら》っぽくふとんをかぶせ、羽毛が舞《ま》いあがる中、ドアをぴしゃりと閉めて部屋を出ていきました。

そのあと、ちょっと頭を冷やして考えてみようと思って、玄関《げんかん》の外の階段の上に出ました。あんまり疲《つか》れているせいで、脚《あし》が震《ふる》えています。着ている木綿《もめん》のワンピースは汚《よご》れているし、髪《かみ》の毛からもいやなにおいがぷんぷんします。神にも人にも見放された気分で、わたしはしばらくその場につっ立っていました。父さんと母さんは、知りあいの人の五十歳《さい》のお祝いパーティに招かれて、村の反対側へ出かけていきます。シャスティンはエーリックと出かけているし、エディトも今日は家にいません。そして、ビヨルン……ああ、ビヨルンは、はるかかなたにいるのです。

最初はまっすぐ〈サクランボの住みか〉へ戻《もど》って、疲《つか》れきって悲しい気分のままベッドにもぐりこんでしまおうかと思ったのですが、あまりにも美しい夕暮れだったので、わたしは足を引きずって林の方へ向かいました。腰《こし》かけるのにちょうどいい、椅子《いす》のようになったシラカバの幹《みき》に、いつものようにすわることにしたのです。ビヨルンと一緒《いっしょ》に、数えきれないほど行ったところです。わざわざそこへ向かったのは、自分をいじめてやりたかったからかもしれません。

わたしはシラカバの幹に頭をもたせかけ、自己嫌悪《じこけんお》のあまり、何もかもうっちゃってしまいたいと思っていました。

するととつぜん、だれかの声がしました。

「こんばんは」

見あげると、ビヨルンでした！　すぐそばに立っていたのです、ビヨルンが！

「こんばんは」わたしも言いました。そして、冗談《じょうだん》っぽくしようとして「こんばんは、セーデルルンドさん！」と無理につけ加え、魅力的《みりょくてき》な笑顔を作ってみせました。ところが、笑顔はすぐにみじめにゆがみ、自分でも驚《おどろ》いたことに、わたしはわっと声をあげて泣きだしてしまったのです。あたりかまわず大声で泣いたので、ビヨルンはすごくびっくりして、心配そうに聞きました。

「おいおい、バーブロ、いったいどうしたんだ？」

でも、わたしはただ泣くばかりでした。

「どうしたのさ、バーブロ。どうして泣いてるの？」ビヨルンがもう一度たずねました。

「だって……ヒック……リル－カッレが、ズボンのお尻《しり》を破いちゃったから、泣いてるの！」わたしはしゃくりあげました。

「そうか。だけどそんなの、天下の一大事ってわけじゃないだろ」ビヨルンは言いました。

わたしは泣きつづけました。

「ううん、わたしにとっては、一大事なの。わたしのことなんか、ほっといて、さっさとほかの女の子を、見つけてちょうだい！　わたしみたいなお馬鹿《ばか》さんじゃない、女の子を……」

「ほかの女の子なんて見つけたくないよ」ビヨルンは言いました。「一緒《いっしょ》に、クヴァルンブー湖へ釣《つ》りに行かないかな、と思ったんだけど。だめかな？　それとも、行きたい？」

それを聞くと、わたしはシラカバの木の椅子《いす》から飛びおりて叫《さけ》びました。

「行きたいか、ですって？　もちろんよ！　できることなら、あなたとイェタランド（南スウェーデン一帯を指す）じゅう一緒《いっしょ》にまわりたいくらい！」

そして一緒《いっしょ》に門のところまで来ると、ビヨルンにそこで待っていてもらい、自分は〈サクランボの住みか〉へ突進《とっしん》し、中に飛びこんで鏡をのぞきました。赤くはれた鼻や、稲束《いなたば》のようにくしゃくしゃになってたれている髪《かみ》の毛にぎょっとして、思わずあとずさりしましたが、すぐにワンピースを脱《ぬ》ぎ捨《す》て、顔を洗い、洗濯《せんたく》してある白いブラウスを着て、消防士よりすばやくつなぎズボンをはき、パフで顔におしろいをはたき、髪《かみ》の毛もとかしたうえで、待っていたビヨルンのもとへ駆《か》けつけました。これはきっと、着替《きが》えの速さのスウェーデン記録だったに違《ちが》いありません。

わたしはビヨルンの腕《うで》に腕《うで》をからめると、言いました。

「わかってるの。ほんとは荒布《あらぬの》をまとい、灰をかぶって悔《く》いあらためなくちゃならないんだけど（新約聖書『マタイによる福音書』第十一章二十一にある言葉）、荒布《あらぬの》のかわりにこのズボンをはいたってわけ」

今までの疲《つか》れは全部吹《ふ》っ飛んでしまい、逆にエネルギーがありあまっている気がして、わたしは普通《ふつう》に歩くだけではあきたらず、わけもなくあっちこっちぴょんぴょんとびまわりながら進みました。

クヴァルンブー湖に着いて、いつもの石にすわり、見なれた浮《う》きをながめ、二メートルほど離れた石に以前と同じようにビヨルンがすわっているのを見ると、魚をおどかしちゃいけないことなど忘れて、叫《さけ》びたいほどうれしくなりました。でもまずは、あんなことをして悪かったとあやまらなくちゃ、という気持ちでいっぱいだったので、勇気を出して声をかけました。

「ビヨルン、きっと、わたしのこと――」

でもちょうどその時、竿《さお》にあたりが来て、わたしは小さめのカワカマスを釣《つ》りあげました。ビヨルンが魚をはずして新しいミミズを針につけてくれるまで、ちょっと時間がかかりました。わたしは釣糸《つりいと》を投げ入れ、また口を開きました。

「ビヨルン、さっき言いかけたのは――」

その時、また魚が食いつきました。今度もカワカマスです。わたしは三回目に釣糸《つりいと》を投げ入れ、もう一度口を開きました。

「ビヨルン、言いたいことがあるんだけれど――」

そのあとわたしは、長いあいだ黙《だま》ってしまいました。

「言いたいことって、なんだい？」ビヨルンが聞きました。

「そうね……。また魚がかからないかな。そしたら、言わなくてもよくなるから。とても言いにくいことなのよ」

「じゃ、言わなくてもいいんじゃないかな？　またこうして一緒《いっしょ》に魚釣《つ》りに来られただけで、じゅうぶんだと思うよ」

「わたしもそう思う。でも、どんなに忙《いそが》しくても、次のカワカマスが食いついて邪魔《じゃま》をする前に、『ごめんなさい』って言う時間くらいあるわ。さっきからわたしがそう思ってたこと、気づいててくれた？」

「ああ、気づいてたよ。だけどバーブロ、また魚がかかってるぜ、知ってた？　ぐちゃぐちゃ言ってないで引きあげろよ！　こうしてるだけでじゅうぶんだって、言っただろ」

帰り道には以前と同じように、クヴァルンブーの農家の薪《たきぎ》小屋に釣竿《つりざお》をしまいました。うす闇《やみ》がせまる中、スヴェン・スヴェンソンがシーソーにすわってパイプをくゆらしているのが見えました。わたしたちの話し声を聞きつけた奥《おく》さんのマリアも出てきて、思いがけず会えたことに、手を打って喜んでくれました。

「まあ、あんたたちだったの？　驚《おどろ》いた！　ずっと来なかったから、さびしかったわ！　もう、湖での釣《つ》りはやめたのかと思ってた」

「そんなことないわ」と、わたしは言いました。

マリアは大きなピンクのシャクヤクを切ってくれて、わたしたちはおやすみと挨拶《あいさつ》をかわしました。

家に帰ると、わたしは足音をしのばせてフェルムの家へ行ってみました。リル－カッレは自分のベッドで、ほっぺたに涙《なみだ》の跡《あと》を残して、本当にかわいらしい様子で眠《ねむ》っていました。ほっぺたにちょっとキスをしてやると、眠《ねむ》ったまま少し体を動かし、小さくむにゃむにゃ言いました。

わたしはリル－カッレのズボンを持って〈サクランボの住みか〉へ戻《もど》り、お尻《しり》にかわいいつぎをしっかりとあててやりました。

15

八月のはじめ、わたしとシャスティンは、二週間という長い休みをもらいました。そしてそのあいだじゅう、とことん幸せな時を楽しみました。

毎朝ではありませんが、エディトか母さんが、ベッドまでココアを持ってきてくれることもありました。ココアを飲んだあとは、ベッドに寝ころんだまま、互《たが》いの部屋のドアを開け放してシャスティンと大きな声でおしゃべりをしました。

「起きなさいよ、寝《ね》ぼすけばあさん!」とか、「早起きは三文の得よ!」とか言いあったあげく、ようやくのろのろと起き出すと、すぐに水着に着替《きが》え、まっすぐ庭を通りぬけて湖まで駆《か》けていき、朝のひと泳ぎをするのでした。そこは水浴び場としては浅いのですが、湖にはほかにも、たいらな岩のある水浴びに向いた場所がいくつもありました。もしももぐりたければ、牧場をまっすぐにつっきって、ヴィクセンと呼ばれている特別な岩場まで走っていけばいいのです。ヴィクセンなら湖の底が急斜面《しゃめん》になっているので、すぐに深いところへ出られます。

そのあとは、たいてい自転車でモストルプまで行き、アンやヴィヴェカと二、三時間テニスをし、午後には一緒《いっしょ》にリルハムラへやってくるのです。朝のうちにチビのクラースの勉強が終わっていれば、家庭教師のトルケルも一緒《いっしょ》に来ました。

ビヨルンもわたしたちに合わせて休みを取り、晴れても降っても、決まって朝早くに自転車で坂道を上ってきて、一日じゅう一緒《いっしょ》に過ごしました。一方エーリックは夏休みが取れなかったので、シャスティンは、つまらない、と言っていました。けれど今は、実ったライ麦を刈《か》り取る時期ですし、ブロムキュッラの働き手のイーヴァルが軍隊に召集《しょうしゅう》されてしまったので、エーリックが長い休みを取るなんてぜったいに無理でした。

リルハムラのウッレは、イーヴァルの召集《しょうしゅう》に大喜びでした。ところがじきに、喜ぶのは早すぎたとわかりました。イーヴァルはひどい偏平足《へんぺいそく》だということで、すぐに帰されてきたからです。そしてある夕暮れ、偏平足《へんぺいそく》のおかげか、前よりも陽気で魅力的《みりょくてき》になったように見えるイーヴァルが、リルハムラに現れ、スポーツ団体『健全な活力』がフォーゲルヴィークで開催《かいさい》していた夏まつりのパーティへ、エディトを連れていってしまったのです。

でも、イーヴァルが除隊になったおかげで、エーリックは一日二日、午後からなんとか休みを取って、わたしたちと合流することができました。そこで、みんなでヴィクセンのたいらな大きな岩の上にのんびり寝《ね》そべって、おなかや背中に日光を浴び、おしゃべりしたり、コーヒーを飲んだり、クロールや平泳ぎの競争をしたり、飛びこみをしたり、つまり、これ以上ないほどすばらしい時を過ごしたのです。

シャスティンとわたしは、お休み気分をもっと盛りあげようと思って、ヨハンの仕事が一番忙《いそが》しい時間をねらって様子を見に行ったりしました。

ヨハンは、わたしが入札したあの自動束ね機を存分に使いこなして、ライ麦や小麦を刈《か》り取っていました。ヨハンが束ね機を運転し、ウッレとフェルムが束を荷車に積みあげているのを見ると、わたしはうれしくなりました。

わたしたちが畑に姿を見せると、ヨハンは馬をとめ、からかうような目つきをして言いました。

「怠《なま》け者の嬢《じょう》ちゃんたちや、怠惰《たいだ》は悪徳のもとですぞ。レーキでちょっと麦をかき集めるくらい、したってよかろう」

「だめなの、トララ、トララ！　だってわたしたち、夏休みなのよー、ヨハン。わかるでしょう、夏休みー！」と、わたしたちは歌いました。

「馬鹿《ばか》なことを！」と言って、ヨハンはまた馬を進めました。

夏休みのある日、二十三歳《さい》になるいとこのカール－ヘンリックから電話がありました。新しく戦車部隊をひきいる陸軍少尉《しょうい》に任命されたのだが、着任する前の休暇《きゅうか》のあいだ、しばらくリルハムラに滞在《たいざい》したい、というのです。

「また軍隊の制服を見るなんて、いやよ。来ないでほしいわ！」とわたしは言ったのですが、そんなこと言っても、まるきり無駄でした。

早くも次の日の午後、三時十五分着の急行がシュッシュッポッポーッ、と駅に入ってきて、陸軍少尉《しょうい》の制服姿のカール－ヘンリックが到着したのです。カール－ヘンリックは、どこから見ても新任の陸軍少尉《しょうい》そのものでした。本人も、自分が少尉《しょうい》になったことは、カール・マルテル（六八九—七四一。当時フランス北部にあったフランク王国の人）が七三二年にトゥール－ポワチエ（フランス西部）の戦いでイスラム教徒を撃退《げきたい》して以来の快挙だ、と思っているのがよくわかりました。

迎《むか》えに出ていたシャスティンとわたしが、駅の外で馬車をとめて待っていると、カール－ヘンリックは、はずむような足取りでまっすぐこっちへやってきました。わたしたちがまだ小さくて棒アメをしゃぶっていて、カール－ヘンリックはやせたひょろひょろの高校生で声変わりの最《さい》中《ちゅう》だったころ以来、会っていなかったのですが、カール－ヘンリックはすぐにわたしたちを見つけて、大声で叫《さけ》びました。

「ヤッホー、ちっちゃないとこたち！　大きくなったなあ！　あと二、三年もしたら、大人同士としておつきあいができるってわけだ。いったいいくつになったんだい？」

「十六歳《さい》だけど、本当は三十四歳《さい》よ」シャスティンが言って、ピシャッとムチを鳴らしました。

カール－ヘンリックは、戴冠式《たいかんしき》にのぞむ君主のような顔で馬車の後ろの席に乗りこむと、言いました。

「出してくれ！」

そこでシャスティンは馬車を出しました。カール－ヘンリックは、あたりの美しい田園風景を満足そうな目でながめて言いました。

「いいところだね！　来ることにしてよかった。しばらくここらの素朴《そぼく》な農家の人たちと仲よくさせてもらえば、元気が出そうだ。小さないとこたちも、元気づけてくれる仲間が必要だろう？」

「そんなにやさしくしなくたっていいわよ。軍隊の方は、あなたがいなくてもだいじょうぶなの？　国の軍備がそんなに手うすになっていいものかしら？　少尉《しょうい》どのが無事に基地に戻《もど》れる保証なんか、ないのにね。田舎にはすごく狂暴《きょうぼう》な雄牛《おうし》がいるし、素朴《そぼく》な農家の人たちも、時々かなり乱暴になるのよ」

「おいおい、年上の者をそんなにおどかさないでくれよ。お手やわらかに！」と、シャスティン。

実際にはカール－ヘンリックは、たちまち「素朴《そぼく》な農家の人たち」の人気者になりました。着いたその日から、カール－ヘンリックのうれしそうな笑い声がリルハムラじゅうに響《ひび》きわたっていました。カール－ヘンリックが、フェルムの子どもたちの目の前で金時計を食べてしまい、みんなが目をまるくしているうちに、それを魔法《まほう》のようにリル－カッレのズボンのポケットから取り出してみせてからというもの、子どもたちは子犬の群れのように彼のあとをついてまわるようになりました。また、自動束ね機の調子が悪くなる前に気がついて修理をしたことから、ヨハンにもすっかり信頼《しんらい》されるようになりました。それにエディトも、カール－ヘンリックがお気に入りでした。今では二つの客室になっている左の別館へ、毎朝芝生を踏《ふ》んでいそいそとコーヒーののったお盆《ぼん》を運んでいくその様子は、元気な笑い声をあげたり、巻き毛をはねさせたり、とても楽しそうでした。

カール－ヘンリックはフェルムのおかみさんとも、会ってすぐに盲腸《もうちょう》のことを話しあい、生涯《しょうがい》の友情を結んでいました。おかみさんは病院から帰ってきたばかりで、村で一番医療《いりょう》にくわしい、という顔をしていたのです。でも、リルハムラのほかの人たちはちっとも病気にならず、おかみさんの意見を聞きたがりもしないので、おかみさんはひそかに気を悪くしていたようでした。

おかみさんは、病気の名前をスウェーデン語やラテン語でやたらと振《ふ》りまわし、いつでも医院が開業できそうでした。ある日、リル－カッレがおなかが痛いと言いだした時、医療《いりょう》の専門家であるおかみさんは、軽い胃炎《いえん》だ、と言いました。けれどフェルムは、かぎたばこのかすをペッと吐《は》き出して言いました。

「なーにが胃炎《いえん》なもんか！　チビはまだ青いリンゴを食ったんだぜ！」

カール－ヘンリックのことは、岩場でのんびり水浴びしている若い仲間たちにももちろん紹《しょう》介《かい》しました。ビヨルンとカール－ヘンリックは、夜と昼ほども性格が違《ちが》いましたが、特別いい友だちになりました。

母さんと父さんも、昔からカール－ヘンリックがお気に入りでした。母さんにとっては自分の姉さんの息子だから、父さんにとってはたぶん、自分と同じように陽気で騒《さわ》がしいからでしょう。それに、父さんが農業についてとうとうと説明すると、カール－ヘンリックは興味を持って熱心に聞きました。それで父さんは、カール－ヘンリックは近ごろの若者にはめずらしいほどいいやつだ、と言うようになりました。

わたしとシャスティンも、けっこうカール－ヘンリックが気に入っていました。でも、カール－ヘンリックがあれこれ勝手なことを言うたびに、わたしたちの仕事がふえてしまうのです。そこでわたしたちは、『勝手なことを言わないで！』と書いたプラカードを作り、彼《かれ》が何か変なことを言いだすと、すぐに顔の真ん前にこれをつき出すことにしたのです。プラカードには、しょっちゅう出番がありました。

とはいっても、カール－ヘンリックがとても役に立っているのも本当でした。母さんがあずまやにサヤエンドウをどっさり持っていって筋取《すじと》りをはじめると、すぐに自分もナイフを手にして手伝いましたし、ヨハンがほかの仕事で手いっぱいの時には、一日じゅう自動束ね機を運転していました。

そんなわけでわたしたちは、カール－ヘンリックは農家の仕事がとても好きなんだろう、と思っていたのです。ところがある晩カール－ヘンリックは、みんなが居間に集まっている時にこう言いだしました。

「名高い地主屋敷《やしき》の生活って、これだけなのか？　ちょっと聞きたいんだけど、わくわくするようなパーティは、いつあるんだい？　ティンパニやシンバルは、いつ鳴りだすんだ？　くるくるワルツを踊《おど》る時、ぼくの首に抱きついてくれる、リスの子みたいにやわらかくて美しい女の人はどこにいるんだ？」

シャスティンとわたしは暗い気持ちになり、どうしたらいいかしら、と悩《なや》んでしまいました。でもすぐに、シャスティンが指を立てて、こう言いました。

「いいこと思いついた！　ザリガニパーティをしよう！」

カール－ヘンリックとわたしも大喜びで賛成し、三人で計画を立てました。シャスティンとわたしは母さんの許可をもらうと、大急ぎで招待状《しょうたいじょう》を作り、アン、ヴィヴェカ、トルケル、エーリック、それにビヨルンに送りました。中身はこうです。

『次の土曜日の午後八時に、リルハムラでザリガニパーティを催《もよお》します。このパーティに、あなたを条件つきでご招待《しょうたい》いたします。条件というのは、ザリガニ獲《と》りのお手伝いをしていただくことです。ザリガニを家に呼びつけるわけにはいきませんし、資金もじゅうぶんではないからです。
ザリガニ獲《と》りの場所：クヴァルンブー湖
開始時間：金曜日の午後八時
服装：ショートパンツに温かいウールのセーター、汚《よご》れてもいい古靴《ふるぐつ》かゴム長靴《ながぐつ》
持ち物：懐中電灯《かいちゅうでんとう》
双子《ふたご》の〈サクランボの住みか〉の外に、午後七時半に集合。主催者《しゅさいしゃ》は、ザリガニを入れるカゴ、飢《う》え死《じ》にを防ぐためのコーヒーとサンドイッチ、並びに、無礼な陸軍少尉《しょうい》を一人、用意いたします。少尉《しょうい》にはこの機会に、自分も普通《ふつう》の人間であるということを思い知ってもらいます。ただしこの少尉《しょうい》は、怒《おこ》らせないかぎりぜったいに無害です。
みなさまのおいでを心よりお待ちしております！』

16

金曜日の夕方、〈サクランボの住みか〉の外は、すねをむき出しにした若者たちでわいわいと騒《さわ》がしくなっていました。一行はにぎやかにどなりあったり笑ったりしながら、父さんと母さん、ヨハンやエディトやフェルムの子どもたちに見送られて、クヴァルンブー湖へと向かいました。曇《くも》った暖かな晩で、マツやモミの木に囲まれて静かにたたずむ湖は、夕明かりの中で夢を見ているようでした。この湖は底に泥《どろ》がたまっていて、水浴びにはぜんぜん向きませんが、魚やザリガニがとてもよく獲《と》れるのです。

カール－ヘンリックは大股《おおまた》で先頭を歩いていました。すぐ後ろに武装した連隊がついてくるとでも思っているのか、しょっちゅうあれこれがなりたてています。

「拡声器の音を少し落としてくれないかな?」ビヨルンが落ち着いた声で言いました。

「もしかして、大声でザリガニをショック死させようっていうんじゃないでしょうね。わたしとしては、ゆでるという昔ながらの方法で死んでもらいたいんですけど」シャスティンも言いました。

真っ暗になるまでにはまだ時間がありましたが、みんなで懐中《かいちゅう》電灯をつけると、明かりがすごくきれいに見えました。わたしたちは水ぎわに横一列に並び、湖に入っていきました。湖の底は、中心に向かって、石だらけのところと泥《どろ》だらけのところとが交互《こうご》になっています。時々だれかが深いところにはまって、太ももくらいまで濡《ぬ》れてしまいましたが、水は冷たくないので平気でした。

わたしは、ずっとビヨルンのそばにくっついていました。というのは、本当はザリガニがちょっぴり怖《こわ》かったからです。懐中《かいちゅう》電灯で照らすと、水の底に黒いものがたくさん這《は》っているのが見えました。ビヨルンはすばやく上手につかまえては、わたしを驚《おどろ》かそうと、目の前につき出してみせました。でも、そのうちわたしも少しずつ慣れてきて、ほかの人がつかまえるよりも大きなザリガニを、カゴに入れることができるほどになりました。

しばらくすると、とつぜんバシャーンと大きな水しぶきがあがりました。カール－ヘンリックが、足もとに開いていた身長よりはるかに深い穴に、すっぽりはまりこんで姿を消してしまったのです。

カール－ヘンリックがどうにか浮《う》かびあがってくると、エーリックが言いました。

「よくやった、その調子だ！　一匹《ぴき》だって逃《に》がすな！　どんどんもぐって獲《と》ってくれ！」

けれどわたしたちは、ずぶ濡《ぬ》れになったカール－ヘンリックがかわいそうになり、しばらくザリガニ獲《と》りを中断して、岸辺で火をおこすことにしました。わたしはクヴァルンブーのスヴェンソンの農家まで駆《か》けていき、カール－ヘンリックのためにセーターを借りてきました。みんなで火を囲んですわり、コーヒーを飲み、体を温めるため、勝利のダンスを踊《おど》りました。

もう少しザリガニ獲《と》りをつづけたあと、一行は、ガサガサと音をたてるザリガニでいっぱいのカゴを持って家に引きあげました。

家の台所で収穫《しゅうかく》したザリガニの数を数えてみると、たっぷり二百五十匹《びき》はいました。明日のパーティは成功間違《まちが》いなし！


次の朝、シャスティンと一緒《いっしょ》に水浴びをして、牧場をつっ切って帰る途中《とちゅう》、シャスティンがとつぜん叫《さけ》び声をあげ、なだらかな斜面《しゃめん》を指差しました。最初わたしは、きっとヘビだ！　と思いましたが、そうではありませんでした。その斜面《しゃめん》全体が、小さくてまるまるとしたおいしそうなアンズタケでいっぱいになっていたのです。わたしも叫《さけ》びました。

「ワーイ、すてき！　これで今夜はアンズタケのオムレツも作れるわ！」

「わたしもそう思ったの」シャスティンはもうしゃがんで、脇目もふらずにアンズタケを摘《つ》んでいました。アンズタケを包むのに使えそうなものは自分たちのガウンしかなかったので、二つの貴重な包みを抱えて、水着だけで家に帰ってきました。

わたしはシャスティンに聞きました。

「ねえ、デザートは何にする？　北の原の石垣《いしがき》のあたりにおいしそうな野イチゴがいっぱいなっているから、ひとっ走りして採《と》ってこない？」

　そこで、二人で走っていって、ほんのちょっとのあいだに三リットルもの野イチゴを摘《つ》みました。

「すてきなパーティになりそうね！」と言って、シャスティンがうれしさのあまりぴょーんと飛びあがったので、野イチゴがぱらぱらと落ちました。「ほんとにすてき！　すごく豪華《ごうか》なのに、お金はぜんぜんかからないパーティなのよ！」

　わたしたちは、これだけのザリガニやアンズタケや野イチゴを町で買ったらいくらかかるかしら、と計算して、しばらく大喜びでした。

「それに、オムレツの卵はうちの雌鶏《めんどり》が産んでくれたし、野イチゴにかける生クリームだって、うちの雌牛《めうし》のミルクで作ったんだもの。農家ってなんて楽しいんでしょう！」シャスティンは、いっそう興奮して言いました。

　午後になると、二人で自転車で〈町〉へ出かけ、色とりどりのちょうちん（夏の終わりによく野外で行われるザリガニパーティでは、木にちょうちんをぶら下げたり、ザリガニの絵のついたエプロンをつけたりする）を買ってきました。ちょうちんだけは残念ながら、リルハムラで収穫《しゅうかく》できなかったからです。でも、このパーティのために父さんや母さんにお金を使わせたくなかったので、ちょうちんはサクランボを売ったお金で買いました。

パーティは、お天気がよければあずまやですることになっていました。お天気はなんとかもちそうだったので、カール－ヘンリックに手伝ってもらい、あずまやの天井《てんじょう》の下に針金を十字に渡して、色とりどりのちょうちんをぶら下げて飾りました。テーブルは、あずまやにふだん置いてあるものでは小さすぎるため、またカール－ヘンリックに手伝ってもらい、台所のテーブルを運び出し、白い紙のテーブルクロスをかけ、キンセンカを飾《かざ》りました。

準備をしているうちに、シャスティンとわたしは緊張《きんちょう》と期待とで頭がぼーっとしてきました。パーティがうまくいくためには、雨が降ってはいけないし、月には照ってもらいたいし、最後の最後に焼くことにしているオムレツもちゃんとできないといけないし、エディトが朝のうちにゆでてくれたザリガニの塩加減もうまくいっていないとだめだし……。でも、とにかく楽しいパーティになりそうでした。

八時には、すべての用意が整っていました。テーブルの真ん中には、ゆでたザリガニの上にディル（セリ科のハーブで、とくに魚料理に合うと言われている）の花冠《はなかんむり》をのせた大皿が二つ、でんとすえつけられていました。カール－ヘンリックには、最初のお客さまが見えたらすぐにちょうちんの明かりをともしてくれるよう、たのんでありました。シャスティンは台所で、オムレツにかけるアンズタケ入りホワイトソースをかきまぜていました。わたしはオムレツの卵をまぜ、合図がありしだいトーストすることになっているパンを切っておきました。

自転車に乗ったモストルプのみんなが角を曲がって姿を現すと、カール－ヘンリックが叫《さけ》びました。

「用意はいいか――よしっ――かかれ！」

シャスティンはオムレツ用のフライパンをかまどの上にのせ、みんなを出迎《でむか》えるために庭に出ていき、わたしはパンをじっくりトーストしはじめました。けれど、べつの方向からもう一台自転車がやってきたとたん、わたしもエディトにかわってもらって、外へ駆《か》け出しました。ビヨルンに「こんばんは」を言うためです。どんなにオムレツのことが気になっていても、日焼けした顔に日差しで白っぽくなった髪《かみ》の毛、白いシャツの胸《むな》もとをかっこよく開けて楽しそうに笑っているビヨルンに、会わないではいられません。

やがてエーリックもブロムキュッラから、牧場を大股《おおまた》でまっすぐに横切ってやってきました。最後に、主賓《しゅひん》の父さんと母さんがあずまやに現れました。母さんは上等の赤い麻《あさ》のワンピースを着て、すごくきれいに見えました。シャスティンとわたしはうれしくなって、ひそかに目くばせをかわしました。こんなにすてきな親ってそうざらにはいないわよね、と。この二人がわたしたちの両親だということが、誇《ほこ》らしかったのです。

全員が席に着きました。オムレツは、プロのコックが作ったみたいだ、とカール－ヘンリックがほめてくれました。パンもうまくトーストでき、ザリガニの塩加減もちょうどよく、何より、みんなと一緒《いっしょ》にいるのがとても楽しく感じられました。大きくて燃えるように赤いまんまるのお月さまが、ゆっくりと時間をかけて八月のうす暗《ぐら》い空に昇ってくると、このパーティはいっそう完璧《かんぺき》なものに思えました。

夜が深まってもあたりは暖かく、色あざやかなちょうちんのおかげで、お皿に積みあげられたザリガニはおいしそうに照らされています。あずまやの外はだんだん暗くなってきました。カールーヘンリックが、あまりにがつがつといっぱいザリガニを食べるので、わたしはつい、戦車部隊をひきいる陸軍少尉《しょうい》はみんな胃も鉄板でできてるの、それともあなたの胃だけが特別なの、と聞いてしまいました。カールーヘンリックは、あと二十匹《びき》ほどザリガニを食べたら、しつけの悪いいとこに思い知らせてやるからな、と言い返しました。

野イチゴのデザートを出す予定の時間までは、まだ少しありました。歌いましょうよ、とアンが言いだしたので、みんなでいろんな歌を歌いました。

あずまやの外の暗がりでひそひそ声がしたので、ふと見ると、フェルムのところの子どもたちが芝生《しばふ》の上に子スズメのように並んですわって、歌を聞いていました。〈サクランボの住みか〉の入口の階段には、ヨハンも、夢でも見ているような、何か考えこんでいるような様子ですわっていました。ザリガニはまだいっぱいあったので、フェルムの子どもたちやヨハンにも食べてもらっていい？　と母さんに聞くと、もちろんよ、あんたたちのザリガニでしょう、という返事でした。

わたしは、台所でコーヒーをいれていたエディトのところへ走っていき、ウッレが起きてたらギターを持ってくるように言って、とたのみました。エディトはこの豪勢《ごうせい》なパーティに誘《さそ》おうと、フェルムの家にも寄りました。ウッレはやってきましたが、フェルム夫妻は留守でした。たぶん、自分たちもザリガニを獲《と》ろうと思って、湖に行ったのでしょう。

シャスティンとわたしは新しいお皿を並べ、子どもたちがザリガニを取りやすいように、椅子《いす》をずらしてすきまを開けました。まるでバッタの群れを放ったようなもので、ザリガニは片方のお皿に小さな爪《つめ》を一つだけ残して、あっというまに消えうせました。野イチゴのデザートは、残念ながら全員がたっぷり食べられるほどはありませんでしたが、みんなはエディトが用意してくれたコーヒーを飲み、満足していました。もちろん、子どもたちにはコーヒーはあげられません。リルーカッレがわたしのそばに来て、ちょっぴりでいいから飲ませて、と熱心にたのんだのですが、わたしは言いました。

「わたしはもうあんたのお母さんがわりじゃないのよ。だめよ、リルーカッレ！　でも、ジュースやサイダーなら飲んでもいいわよ」

そこでリルーカッレは好きなだけジュースを飲み、すごくうれしそうでした。そのあと、ウッレがギターを弾《ひ》きました。歌って、とたのむと、ウッレとエディトは、血と愛、憎《にく》しみとつぜんの死などがたっぷり盛りこまれた、さまざまな美しい歌や悲しい歌を歌ってくれました。次にわたしの指揮で、リルハムラ子ども合唱団、つまり、フェルムの子どもたちが歌いました。曲は、ミルクがゆばかり食べていた時期にみんなでよく歌った、『森のスミレを摘《つ》みたいわ』でした。子どもたちは、森のスミレを摘《つ》みたいようにはぜんぜん見えませんでしたが、わたしが厳しい目つきでにらむと、いやそうな顔で、それでも奇跡《きせき》のようにきれいな声で歌ってくれました。

夜がふけてくると、子どもたちとお年よりはベッドへ引きあげていきました。ウッレはエディトを誘《さそ》って、たぶん、あのいけすかない偏平足《へんぺいそく》のイーヴァルのことをどう思っているのか聞き出そうというのでしょう、〈美しが原〉の方へと出かけていきました。わたしたちもウッレたちのまねをして、月の光を浴びながら、湖の方へ散歩に行きました。

月の光が湖面を銀色に染めている、暖かくすばらしい夜でした。数秒でもみんなが口をつぐめば、コオロギの歌が聞こえましたが、ほんの数秒でも静かになることはほとんどありませんでした。

ヴィクセンの沖《おき》にある〈子牛島〉という小さな島にみんなで行ってみることになり、八人全員がかろうじて一台のボートに乗りこみました。ボートが重くなりすぎ、へりが水面すれすれになっていたので、わたしたち女の子はぜったいに動かないようにしていました。

何もかもうまくいき、やがて〈子牛島〉に無事上陸できました。島の中心にある、湖が見晴らせる小高い丘《おか》に登って腰《こし》を下ろすと、みんな心から幸せな気持ちになり、たわいもないおしゃべりをし、お互《たが》いにいっそう親しくなりました。

「あんたたちがリルハムラに越《こ》してきてくれて、ほんとにうれしい」ヴィヴェカが言いました。

「喜んでもらえて、わたしたちもうれしいわ」シャスティンも言いました。

17

やがてわたしたちの夏休みも終わり、カール－ヘンリックが旅立っていくと、また以前と同じ暮らしがはじまりました。

カール－ヘンリックが汽車に乗る日には、仲間がそろって駅まで見送りに行きました。アンとヴィヴェカは、ヤグルマソウで作った花輪を、ハワイの花輪のようにカール－ヘンリックの首にかけてあげました。カール－ヘンリックはみんなと別れるのが悲しくてたまらず、笑われることも気にならないのか、そのままずっと花輪をかけていました。彼は夜通し汽車に乗ることになっていたので、わたしとシャスティンは、一つずつ包んだサンドイッチをたくさん持たせてあげました。

カール－ヘンリックはひどく悲しそうな顔のまま、夕日に照《て》らされてデッキに立ち、汽車が動く前からサンドイッチをつまんでいました。汽車がシュッシュッと蒸気を吐《は》き出してゆっくり動きはじめると、ヤグルマソウの花輪を首にかけ、悲しそうにチーズサンドイッチをむしゃむしゃやっていたカール－ヘンリックの姿は、煙《けむり》でよく見えなくなりました。でも、汽車が鉄橋にさしかかり、ボーッと大きく汽笛を鳴らして皮なめし工場の向こうに消えていく直前、最後のお別れにと、チーズサンドイッチを高々とあげて振《ふ》る姿が、はっきりと見えました。

そして、さっきも言いましたが、今までどおりの暮らしがまたはじまったのです。このころ、母さんが缶詰《かんづめ》作りに夢中になっていたので、わたしとシャスティンは板ばさみになってしまいました。母さんは、庭の野菜を収穫《しゅうかく》してきれいに洗って缶詰《かんづめ》にするのを手伝ってほしい、と言うし、父さんは、自動束ね機の後ろを歩いてレーキで穂《ほ》の束を集めてほしい、とたのむからです。

結局わたしたちは、両方ともやるわ、と言いました。そしてものすごく熱心に野菜を収穫《しゅうかく》してきれいにしたので、毎晩、サヤエンドウ、カリフラワー、インゲンマメなどの夢を見るほどでした。数えきれないほどたくさんの野菜の缶詰《かんづめ》ができあがり、重みで地下室の棚《たな》がたわみはじめると、母さんもすっかり満足してくれました。そのうえシャスティンとわたしは、まるまるとしたアンズタケをさがして牧場じゅうを這《は》いずりまわり、アンズタケの缶詰《かんづめ》も作りました。

けれども、ライ麦の刈《か》り取りと脱穀《だっこく》がはじまると、わたしたちはインゲンマメの山にうもれている母さんをほったらかして二、三日ライ麦と取り組み、有意義な時を過ごしました。ライ麦は重いので、干し草のように高く荷車に積みあげることはできません。父さんとヨハンは、ライ麦を積んだ荷車なら安定していてそんなに危険ではないから、シャスティンとバーブロに任せてもいいだろう、と言いました。それに、リルハムラで働いているほかの人たちはみんな手いっぱいだったので、そうでもしないと仕事がまわりそうになかったのです。

わらを吹《ふ》き飛ばす装置や脱穀機《だっこくき》のある納屋で働いている人も、畑でライ麦を荷積みしている人もいます。父さんは納屋の脱穀機《だっこくき》のそばに立って、ライ麦の束をくってあるひもを切っては脱《だっ》穀機《こくき》にかけています。機械がドンドンと大きな音をたてているせいで、父さんに話があれば、大声で叫《さけ》ばなくてはなりません。脱穀機《だっこくき》の下の袋《ふくろ》には、ライ麦の小さな粒《つぶ》が流れ落ちていきます。

これが来年のパンになるのです。

「これはただの脱穀機《だっこくき》じゃなくて、奇跡《きせき》の機械ね！」シャスティンが感嘆《かんたん》の声をあげました。

脱穀《だっこく》のあとに残った麦わらは、父さんのそばにあるわらを飛《と》ばすための機械で、納屋のずっと向こうのすみっこまで吹《ふ》き飛ばします。そのすみっこにはフェルムが待ちかまえていて、麦わらを適当に広げていきます。

ライ麦を積んだ荷車で納屋に乗り入れると、わたしはすぐに馬を荷車からはずしてもう一台のからの荷車につなぎ、また畑へ戻《もど》ります。畑ではウッレが、新しく積むライ麦を用意して待っています。一方、わたしが納屋の中に残していった荷車の荷は、ヨハンが下ろして、父さんのところへ運びます。ヨハンが仕事を終えたころには、今度はシャスティンが、新しい荷を積んでガラガラと納屋へ入っていきます。そしてわたしと同じように、すぐにからの荷車に馬をつなぎかえて、また畑に戻《もど》っていくのです。

そんなわけで、わたしとシャスティンはたいてい、ライ麦畑の中のせまい道の畝《うね》ぎりぎりのところですれ違《ちが》うことになります。たまには馬をとめてちょっとおしゃべりすることもありますが、ほとんどの場合は、すれ違《ちが》いざまにただうなずくだけ。まるで夜に海上で出会い、あっさり別れていく船のようです。

脱穀《だっこく》にかかわる作業は、どれも楽しい仕事でした。脱穀機《だっこくき》がドンドン、モーターがバンバンと大きな気持ちのいい音をたて、ごった返している納屋の中で、馬にからの荷車をつけ、再びお日さまに照らされてガラガラと出発する時には、気持ちがうきうきとはずみます。お日さまはとても明るく、空は青くて高く、道ばたのヤエムグラは黄色に輝《かがや》いているからです。

ライ麦の次には、小麦やカラス麦の脱穀《だっこく》がはじまりました。八月が去り、九月になり、九月も最後の数日を残すころになって、ようやくすべての穀物《こくもつ》の脱穀《だっこく》が終わり、納屋にしまい終えました。父さんは満足そうに手をこすりあわせ、農場の仕事は思っていたより楽しいものだな、と言いました。

九月には脱穀《だっこく》だけでなく、リンゴの加工品作りも大々的にやりました。今年はどこの農場でも、果物が本当にすばらしい豊作だったようです。というわけでリルハムラでも、脱穀《だっこく》の仕事が終わった翌日には、シャスティンとわたしがリンゴの木に登って、実をもいでいました。収穫《しゅうかく》はなかなか楽しかったのですが、わたしはリンゴソースを大量に作るのは好きになれませんでした。

「どうしてこんなにたくさん、リンゴソースを作ってたくわえなくちゃいけないの？　敵に包囲される心配でもあるの？」

　ある日、地下室の食料庫に積みあげられている加工品を見て、わたしは母さんに聞きました。食料庫にはこれまでにも、膨大《ぼうだい》な数の野菜やキノコ類の缶詰《かんづめ》、野イチゴ、イチゴ、サクランボ、クロスグリなどの瓶詰《びんづめ》のジュース、数えきれないほどのブルーベリー、サクランボ、マルスグリなどのジャムの瓶《びん》が運びこまれていましたが、今やそれに加え、リンゴソースの瓶《びん》が山ほど積まれ、壁《かべ》のようにそびえはじめていたのです。

「農場を経営するからには、食料はなんでも自分の家で作れるようにしなくちゃ。自家製の食料はぜったいに必要なものなのよ」母さんはきっぱりと答えました。

「それはわかるけど、今年のリンゴで、何代も先の子孫のためのリンゴソースまで作っておく必要はないんじゃない？」と、わたしは文句を言いました。

「冬は長いのよ、お嬢《じょう》さん。それに、来年はこんなにたくさんリンゴが収穫《しゅうかく》できるかどうか、わからないでしょ」母さんは言いました。

　というわけで、わたしたちは黙々《もくもく》とリンゴと取り組むしかありませんでした。皮をむき、細かく切って、煮《に》て、ジャムにして、ガラスの瓶《びん》に保存したり……皮をむき、細かく切って、乾《かわ》かしてから煮《に》て、甘《あま》いリンゴスープにしたり……すりつぶしたリンゴを裏ごしして、煮《に》て、リンゴソースを作ったり……。リンゴ、リンゴ、リンゴ、リンゴだらけ！

とうとう、わたしは母さんに言いました。

「お願い、なんでも言うことを聞くわ！　ラスクの生地をこねなさいとか、羊毛を梳《す》きなさいとか、ハンブー（スウェーデンの民族舞踊）を踊《おど》りなさいとか、手紙に切手を貼《は》りなさいとか、なんでも言いつけてちょうだい、言われたとおりにするから。リンゴと関係のないことなら、なんでも！」

「そう、じゃ、かわりにナシをむいてくれる？　ちょっとは変化がつくでしょ」と、母さんは落ち着きはらって言いました。

そんなわけで、空気がひんやりと澄《す》みきってよく晴れた九月の美しい日々を、わたしとシャスティンと母さんはたいていあずまやで、目の前のテーブルに積まれたおそろしいほどの数のリンゴの山と取り組んで過ごしました。父さんも、おいしそうなリンゴの香《かお》りが漂う日のあたるあずまやへ、「美しい三人娘《むすめ》」を訪ねてきました。三人娘《むすめ》、というのはあまりにも見えすいた母さんへのお世辞《せじ》ですが……。

あずまやに腰《こし》を下ろした父さんは、わたしとシャスティンの様子をじっくりと見て言いました。

「サクランボたちは、シナモンクッキーみたいにこんがりとよく焼けてるな」

そのとおり、わたしたちはよく日に焼けていましたし、父さんも同じでした。リルハムラに来てからというもの、わたしたちが一日じゅう家の中で過ごした日なんて数えるほどです。でも、母さんはどんな手を使っているのか、さんざんお日さまを浴びているのに、以前と同じようにユリのような白い肌《はだ》を保っているのです。父さんは母さんをほれぼれと見て、言いました。

「母さんを花にたとえるなら、スズランだな」

でも父さんは、相手が母さんなら、たとえ顔に緑の格子模様《こうしもよう》や青い水玉模様が現れたとしても、きっとほめることでしょう。

「じゃあ、父さんを花にたとえるなら、ベンケイソウ（スウェーデン語で「太ったつぼみ」という意味がある）ね。どこから見ても名前のとおりだわ」シャスティンが言いました。

母さんがたしなめました。

「父さんにそんなことを言って！」

するとシャスティンは、父さんにだから言ったのよ、と言い返しました。母さんは、今度は父さんに向かって、あなたが娘《むすめ》たちを甘《あま》やかしてばかりいるから、こんな口のききかたをするようになったのよ、と言いました。

「わかってる、わかってる」父さんはあわてたように頭を振《ふ》りました。「父さんは、子どもに厳しくできないだめな親らしいな。だがこれからは、おまえたちを教育し直すぞ！　厳しく、情け《なさ》容赦《ようしゃ》なく！　さっそく近いうちにはじめよう。木曜日からでどうだ」

すると、シャスティンが答えました。

「いいわよ、午前十一時から十二時のあいだならね。そのあとは忙《いそが》しいの」

母さんの言うとおり、父さんは今までずっとわたしたちを甘《あま》やかしてきました。そしてわたしたちは、かなり小さいうちからそのことを見ぬいて、子どもらしく、ずるく利用してきたのです。たとえば、小さいころ、町の家の裏庭で泥水《どろみず》をばしゃばしゃはねかして遊んでいると、窓から顔を出したお手伝いさんに言われることがありました。

「シャスティンもバーブロも、すぐに家の中に入りなさいっておっしゃってますよ」

そのたびにわたしたちは、「だれが言ってるの?」と小声で聞いてみました。そして、母さんだと聞くと、ぐずぐずとしながらも、たいてい家の中に入りました。けれど、父さんが言っているだけだと知ると、二人とも安心して、泥《どろ》だんごを少なくともあと一個か二個は作りました。

父さんが甘《あま》すぎたとしても、わたしたちも父さんには甘《あま》くしてきたんだから、おあいこじゃない? と、わたしたちは母さんに言いました。でもこれからは、時には父さんと戦わなくてはならないでしょう。たとえば、週に何回くらい夜に外出してもいいのか、門限は何時か、といったことで、意見が食い違《ちが》っているからです。

夏もいよいよ終わろうとしている今、わたしとシャスティンは、外で味わえる一瞬《いっしゅん》一瞬を大事にしたいのです。わたしは、リルハムラの澄《す》んだ空気や、お日さまの光や月の光、気持ちのいい夕暮れの散歩、木々を渡る風のざわめき、それに〈子牛島〉へ泳いでいく時に体にあたるひんやりした水の感触《かんしょく》などを、まだまだ味わいたりない、と感じていました。だから、一日の仕事が終わっても、おとなしく家に入って暖炉《だんろ》のそばにすわるなんて、ぜったいに無理。わたしは、夏のすばらしさを最後の最後まで味わって楽しもう、と心に決めていました。

そんなわけで、シャスティンとわたし、モストルプの女の子たちとビヨルンとエーリックは、しょっちゅう一緒《いっしょ》に出かけていました。みんなで九月の森や野原を歩いたり、月の光に照らされながら、道のあるところないところかまわず、自転車で走ったりしました。いつか死ぬ時が来たら、わたしはきっとこの風景を思い出すことでしょう。干してある穀物《こくもつ》の束《たば》を月の光が照らしているようすや、スイレンの咲《さ》く暗い小さな湖、善良な人たちが一日の仕事を終え、床《とこ》について眠《ねむ》っている、暗い小さな家々……。道ばたで光っている地ボタルや、自転車で走っている時に顔にあたる夕暮れの冷たい空気や、ふいに思いがけずふれる暖かい空気の感じ。みんなでさんざん冗談《じょうだん》を言いあったり笑ったりしたこと、静かな田舎の風景の中にそんな自分たちの声がどんなふうに響《ひび》いていたかということも、きっと思い出すことでしょう。

けれど父さんは、わたしたちが出かけてばかりいることにはやはり不満らしく、ある日こんなことを言いました。

「おまえたち、そんなに外にばかり出ていたら、お屋敷《やしき》のお嬢《じょう》さんとは呼べないぞ」

わたしたちは、ごめんなさい、と何度もあやまり、もう少ししたらすごくいい娘《むすめ》になるから、とうけあいました。お天気が崩《くず》れて冷たい雨が降りだしたら、家の暖炉《だんろ》のそばに戻《もど》るから、それまでもうちょっとだけ待っててね、と。長くて暗い冬の夜には、わたしたちは二匹《ひき》の子ネコみたいにやさしく喉《のど》をゴロゴロ鳴らして、大好きな父さんの毎日を楽しいものにしてあげるから……。

18

日を追うごとに空気が少しずつ冷たくなっていき、とうとう秋になりました。わたしたちのリルハムラでの初めての夏は、終わりました。

そして十月のある日、大変なことが起こりました。ビヨルンがとつぜん真っ昼間に自転車でやってきて、ストックホルムに行くことになった、と言ったのです。それだけでもわたしには大変なショックだったのですが、なんとビヨルンは、高等学校の物理の卒業認定を取るため、二カ月ものあいだストックホルムにいるつもりだ、と言うのです。わたしは、つらくてたまらなくなりました。

「二カ月もですって！　ああ！」

ビヨルンの話では、何もかもがばたばたと決まってしまい、もう変更《へんこう》はできないのです。わたしたちは、残酷《ざんこく》な別れの日が来るまでの数日間、毎晩会いました。出発の前日には、彼は午後のコーヒーの時間にやってきて、うちの家族にていねいにお別れを言いました。ストックホルム行きの汽車は、次の朝七時に出るのです。

わたしは並木道をしばらく歩いて、ビヨルンを送っていきました。ビヨルンは自転車を押《お》し、わたしたちは足もとでガサガサと音をたてるポプラの落ち葉の黄色いじゅうたんの上を、深い思いを胸に、並んで歩いていきました。わたしはため息をついて言いました。

「フランスでは、別れとはほんのちょっぴり死ぬことだ、って言うそうよ。でも、わたしは違《ちが》うと思うの」

「そう？」

「ええ。別れというのは、ほとんどすっかり死ぬことだわ」

「ふうん。だけど、二カ月なんてそんなに長い期間じゃないだろ」ビヨルンが慰《なぐさ》めるように言いました。

「本気でそんなこと言ってるの？　二カ月っていうのは、五百十八万四千秒もあるのよ。計算したんだから本当よ。でも、ビヨルンにとっては、そんなにつらくないでしょうね。あなたはきっとにぎやかな都会で、いろんな楽しみに夢中になるわ。そして、あなたを誘惑《ゆうわく》しようとするストックホルムの女の子たちに、いっぱい出会うんだわ」

「たぶんね……」ビヨルンは、わたしがじれったくなるような笑顔を浮《う》かべて言いました。

「昔なじみのかわいいバーブロのことなんか、たぶんすぐに忘れてしまうでしょ」と、わたしは軽い調子で言いました。

「昔なじみのかわいいバーブロのことを、忘れたりはしないよ。五百万何千秒のあいだずっと、きみのことを考えているから。茶色のそばかすのことも、何もかも！」

わたしは返事をしませんでしたが、たぶんうれしそうな顔になっていたことでしょう。そして、昔父さんが皮をはいだあのハコヤナギの木のところで、わたしたちは本当にさよならを言いました。

「気をつけてね。気管支炎《きかんしえん》にかかったばかりだってことを忘れないで。じめじめして寒い日には、首にマフラーを巻くのよ」

「わかってるよ！　雨が降ったら、オーバーシューズに傘《かさ》だろう？」ビヨルンは、からかうように言いました。

「からかってもいいわよ。出発する前に、気をつけてほしいことは全部言うんだから」

ハコヤナギの木のところから、最初の下り坂がはじまります。わたしは木の下に立ち、ビヨルンが自転車のハンドルから両手を離《はな》して一気に坂を下っていくのを見送りました。道が曲がっていて一番あぶないところで、ビヨルンは振《ふ》りむき、帽子《ぼうし》を手に取って振《ふ》りました。

「あぶない！」わたしは叫《さけ》びました。「ちゃんと前を見て！」

ポプラ並木を家に向かって引き返していくと、しめったポプラの葉が頭の上に落ちてきて、なんだかせつない気持ちでした。ちょうど門の外で、父さんとシャスティンが夕方の見まわりに行くところに出会いました。わたしはすぐに、父さんのあいている方の腕《うで》を取りました。三人で牛小屋や馬屋、羊小屋や豚《ぶた》小屋を見てまわると、どこもかしこも、おだやかで平和な空気に包まれていました。

北の畑ではヨハンが、収穫《しゅうかく》の終わった畑を耕していました。ジャガイモやカブやニンジンなどの根菜類を掘《ほ》り起こしたあとの土を、やわらかくしているのです。父さんがヨハンに、ちょっと相談があるんだが、と声をかけると、ヨハンはすぐに、「とまれ!」と馬にどなりました。

ヨハンの親切そうでやさしい青い目を見ていると、ヨハンも怒《おこ》ることがあるなんて、想像もできません。父さんとヨハンはいつものように、あれこれ仕事の相談をはじめました。ヨハンはどんなことにも慎重《しんちょう》に意見を言い、一見ひかえめながら、父さんの意見には負けませんでした。

そのあと、わたしたちは家へ帰ることにし、ヨハンはまた畑を耕しはじめました。

畑の外に出て振《ふ》り返ると、まじめに耕しているやさしいヨハンの小さな姿が見えました。するととつぜん、わたしはほっと安心して、ヨハンがいてくれてよかった、という気持ちで胸がいっぱいになり、だーっと走りだしました。畝《うね》を飛びこえて、はあはあいいながらヨハンのところまで戻《もど》ると、ヨハンが聞きました。

「どうしたんだね?」

「ヨハン……」わたしはあえぎながら言いました。「ヨハンが好き。大好きよ!」

言ったとたん、どうかしてるとヨハンに思われただろう、と思いました。

「そりゃどうも。わかったよ。ほかにも言いたいことがあるかね?」ヨハンはやさしく、いつもの落ち着いた調子で言いました。

「ううん、ないわ」

「そうかい。じゃあ」と言って、ヨハンは犂《すき》を馬からはずそうとしました。もう暗くなってきていたのです。

わたしは走って、父さんとシャスティンに追いつきました。わたしたちは黙《だま》って歩きながら、それぞれの思いにふけっていました。わたしはビヨルンのことを思い、自分はとても悲しい気持ちでいるはずだ、と考えました。心の底から悲しんでいるはずだと……。ところが、ぜんぜんそんなことはありませんでした。うれしくなるようなことが、あまりにもたくさんあったからです。

木々のあいだに、わたしたちの愛《いと》しい白い家が見えてきました。台所の窓には暖かそうな明りがともっています。中では母さんが、昼食の残りのバニラソースをそえたリンゴのケーキを用意して、わたしたちを待っていてくれるはずです。ケーキの大きな切れをもらって、居間の暖炉《だんろ》の前にすわり、本棚《ほんだな》からじっくりとおもしろそうな本を選ぼう。そのあと、夜がふけたら、シャスティンと一緒《いっしょ》に父さんとチェスをしよう。きっといつものように父さんが勝って、すごく満足することでしょう。

父さんやシャスティンが何を考えているのかはわかりませんが、たぶんわたしと同じようなことでしょう。夕明かりの中で見ると、リルハムラは本当にきれいでした。あたりの風景は、やわらかいもやに包まれているように見えます。夕暮れのこの不思議な光のせいか、三人とも口数が少なくなり、深いもの思いに沈《しず》んでいました。父さんもずっと黙《だま》っていましたが、ふいに、気持ちを表したいけれど自分の言葉では表現しきれない時によくやるように、抒情詩《じょじょうし》を暗誦《あんしょう》しはじめました。それは、わたしがとくに好きな詩でした。

心は、夢を糧《かて》に育つもの、
夢がなければ、みじめなもの。
日々の暮らしに、流れる雨の恵《めぐ》みがありますよう、
日の光と暖かさの恵《めぐ》みがありますよう。
恵《めぐ》みを受けた心はやがてふくらみ、
すべてに感謝の気持ちをいだいて、
実りの秋を迎《むか》え、
寒く憂鬱《ゆううつ》な冬に立ちむかう。

湖の方からやわらかな霧《きり》が、羊毛の塊《かたまり》みたいに、ころがるように流れてきました。これは、

やがていよいよ秋になった印です。わたしたちの輝《かがや》く夏は、過ぎたのです。でも、だいじょうぶ。やがて秋の雨がリルハムラの大地を洗い、雪が降り、白い腕《うで》で農場じゅうを抱《だ》きしめるでしょうが、その雪もやがてはとけていきます。そして、ミスミソウの青い小さな花が庭いっぱいに咲《さ》き、林の中ではキバナノクリンソウも咲《さ》き、父さんの秘密の場所では野イチゴが熟《じゅく》すでしょう。わたしもそこへ行って、野イチゴを摘《つ》むでしょう。すばらしい季節は、またまためぐってくるのです。何度も、何度も、くり返し……。

わが家の暖かそうな明かりは、もうすぐそこでした。父さんは入口の階段の上で振《ふ》り返り、霧《きり》の中、ゆっくりと暮れなずんでいく自分の領地を見まわしながら言いました。

「たぶん今夜は、ひどい雨になるだろう。まあ、見ててごらん」

そうしてわたしたちは、家の中へ入っていきました。

訳者あとがき

今回、『ブリットーマリはただいま幸せ』に続いて、スウェーデンを代表する児童文学作家アストリッド・リンドグレーンの作品、『サクランボたちの幸せの丘《おか》（原題 Kerstin och jag）』をご紹介《しょうかい》できることになり、わたしも幸せでいっぱいです。

物語は、サクランボと呼ばれているバーブロとシャスティンという双子《ふたご》の女の子が、父さんが急に生家の農場を継《つ》ぐことになり、田舎へ引っこすところからはじまります。町に住んでいた一家は、慣れない仕事ながらも、力を合わせて家の改装をしたり、農作業に取り組んだりして、生活を軌道《きどう》に乗せていきます。十六歳のサクランボたちは、自然豊かな田舎でのすばらしい生活に感嘆《かんたん》の声をあげ、友人たちとパーティやハイキングを楽しんだり、悩《なや》んだりという毎日をくりひろげます。赤カブの間引きや、干し草作りのお手伝い、荷車でのミルク運び、リンゴジャム作りなどの農場の仕事も、バーブロの口から、ユーモラスに語られます。

リンドグレーンのデビュー作『ブリットーマリはただいま幸せ』は、その後の彼女《かのじょ》の作品を暗示するような、明るく前向きな、また、ういういしい作品でしたが、『サクランボたちの幸せの丘《おか》』も、農場の娘《むすめ》として育ったリンドグレーンの少女時代の姿が読みとれるような、はつらつとしたすばらしい作品だと思います。この物語の初版は一九四五年ですが、シャスティンやバーブロの男の子たちとのつきあいかたを見ると、自分の考えを持っていて、堂々としています。現在と比べれば、生活の便利さなどには違《ちが》いがありますが、二人の考えかたは健全で現代的で、今読んでもほとんど違和感《いわかん》がないのは、不思議なくらいです。

アストリッド・リンドグレーンは、自分で経験しなかったことは書けない、と語っていました。リンドグレーンの作品には、ファンタジーも数多くありますが、彼女《かのじょ》はたとえファンタジーであっても、実際の経験が物語を生む大切な要素になる、と考えていました。リンドグレーンはデビュー後、作品を次々に発表し、人気作家となりますが、ある時期から自分の子どものころの経験を語りはじめました。両親から、安心と自由という二つの大切なものを与《あた》えてもらったこと、必要な時にはいつも見守ってもらい、危険をともなわないかぎり自然の中で自由に遊ばせてもらい、幸せな子ども時代を送ったこと。そして、兄妹や友だちとの遊びを通して得た、自由な発想やわくわくするような経験が、のちのすばらしい作品のもとになった、と。リンドグレーンは、自分の作品の解説をするためというよりは、読者の子どもたちにも幸せになってほしいという思いから、自分の子ども時代や、その後の人生について語ったのだと思います。

　こういうわけで、彼女《かのじょ》の子どものころのエピソードはいろいろな形で公開されていますので、読者は、それが作品にどのように生かされているのかをさぐる楽しみも得られるようなりました。わたし自身も、『サクランボたちの幸せの丘《おか》』を訳しながら、作品の中のバーブロとシャスティンに少女時代のリンドグレーンを重ねたり、この人はリンドグレーンのお母さんと似ているわ、と思ったりしました。

　この作品は、『やかまし村の子どもたち』（岩波書店）よりも先に書かれたものですが、まるで、やかまし村の女の子たちが十六歳《さい》になった時のお話を読むような気がします。赤カブの間引きをしたり、ザリガニパーティを開いたり、サクランボを町の広場に売りに行ったり……農場の楽しい生活が、生き生きと伝わってきます。この作品の双子《ふたご》のサクランボたちは、やかまし村の子どもたちのように、最初から農場で暮らしていたわけではありませんが……。物語のはしばしに、リンドグレーン自身の農場での経験がユーモアたっぷりに語られ、加えて彼女の十代のころの悩《なや》みや、幸せな日常もうかがえます。

　たとえば、この作品の舞台《ぶたい》であるリルハムラ農場で働くヨハンは、子どもの時から農場で暮らしていて、バーブロたちのお父さんとは小さいころからの遊び友だち、という設定です。赤カブの間引きや干し草作りなどを二人に教えてくれるこのヨハンのモデルは、実際にリンドグレーンが子ども時代をすごした〈ネース〉と呼ばれる農場にいた、リンドグレーンの父サムエル＝アウグストのいとこのペッレです。リンドグレーンの父親は、教会から〈ネース〉を借りて、作男やお手伝いさんを抱《かか》えて、農場を経営していました。ペッレは十四歳《さい》で〈ネース〉に来て、生涯《しょうがい》農場ですごしましたが、信じられないほど親切でやさしい人だったといいます。リンドグレーンはこのペッレをモデルに、『サクランボたちの幸せの丘《おか》』のヨハンだけでなく、「エーミル」のシリーズのアルフレッドなども創《つく》り出しました。ペッレは、ヨハンと同じように、近隣《きんりん》の馬なら全部知っていて、〈ネース〉の前の〈牧師館の並木道〉を駆《か》けていくひづめの音を聞くだけで、どこの馬かをあてられたそうです。シャスティンとバーブロも、ヨハンが大好きになり、まるで子犬のように、ヨハンについてまわりますが、〈ネース〉の子どもたち、つまり、アストリッドや兄のグンナル、妹のスティーナとインゲエードたちも、ペッレが大好きでした。

　赤カブの間引きをする時、シャスティンとバーブロは、仕事を楽しみに変えようと、競争をはじめますが、畝《うね》があまりにたくさんなので、いやになったシャスティンは、畑で横になってしまいます。するとヨハンが、「そら、がんばれ！　怠《なま》けちゃいけねえよ！」とはっぱをかけます。この言葉は、リンドグレーンが子どもの時に、実際に赤カブの間引きをしていていやになった時に、母ハンナに言われた言葉でした。この言葉を、リンドグレーンは生涯《しょうがい》胸に秘め、気のすすまない仕事を途中《とちゅう》でほったらかしたくなった時に、自分に言い聞かせていたそうです。

また、家畜《かちく》の世話係フェルムのおかみさんのヒルダが、盲腸《もうちょう》が破裂《はれつ》したため入院してしまい、四歳《さい》から十歳《さい》までの五人の子どもたちの世話をする人手がなくて、にっちもさっちもいかなくなる場面では、十六歳《さい》のバーブロが子どもたちの世話係を引き受け、お母さんらしい顔を作って、子どもたちにきどって挨拶《あいさつ》をします。ごしごし体を洗って、ホースの水で石けんを洗い流す時、魔法《まほう》使いの炎《ほのお》だと言って遊んだり、子どもたちをベッドに寝《ね》かしつけてお話を聞かせたり、たっぷりお母さんらしいことをします。そして、子どもたちがあまりかわいいので、いつか自分も十人ぐらい子どもを持とう、と決心します。

リンドグレーンも、「わたしは根っからお母さんっぽい性格なの」と語っていて、一九二〇年代に十九歳《さい》で未婚《みこん》の母になり、息子を三年間養母にあずけてすごした時には、大変つらい思いをしたようです。このつらい経験は、作品の中で小さな子どもを描《えが》く時に少なからず影響《えいきょう》を与《あた》えているだけでなく、ほかの作品にも深みを与えていると思います。

そのほかにも、お父さんが話してバーブロたちをおどかす〈黒衣の女の幽霊《ゆうれい》〉は、リンドグレーンの父が子どもたちに話して聞かせた、〈牧師館の並木道〉に現れる〈黒衣の女の幽霊《ゆうれい》〉にかさなります。また、バーブロは、ダンスがとても好きで上手ですが、リンドグレーンもダンスが大好きで上手でした。この作品の中にも、夏至《げし》まつりのダンスの場面がありますし、『川のほとりのおもしろ荘《そう》』（岩波書店）の中でも、お手伝いさんのアルバが、マディケンの家族と大ダンスパーティに行きます。リンドグレーンも、故郷ヴィンメルビーのホテルのダンスパーティや、ダンスホールでよく踊《おど》りました。

また、フェルムの子どものリル-カッレが、お姉さんたちのあいだにちょこんとはさまれて一つのベッドに入り、「百万の金貨があったら、自分だけのベッドがほしいな」と言うのを聞いたバーブロが、さっそく手をつくしてベッドを調達して、リル-カッレを喜ばせる場面などは、子どものころから人を喜ばせるのが好きだったリンドグレーンの性格をうかがわせます。リンドグレーンは小さい時、肺結核《はいけっかく》で寝《ね》ついている知りあいの女の子に、自分の一つしかない人形をあげたことがありました。おばあちゃんに買ってもらった上等の人形で、自分も大切にしていたのに。女の子はとても喜び、わたしが死んだら一緒《いっしょ》にお棺《かん》に入れてね、と言って亡くなりました。人形は、女の子とともに葬《ほうむ》られました。

もちろん、リンドグレーンの数多くの作品は、こうした背景を知らなくてもじゅうぶん楽しめますが、その生涯《しょうがい》を知れば知るほど、彼女《かのじょ》が児童文学作家としての資質を備えていたことがよくわかります。小さいころのこと、たとえばまわりの人の話してくれたことや匂《にお》い、味、音、手ざわりなどを、その時の気持ちとともにあざやかに思い出せたこと。また、子どものころからの天性とも思えるユーモアや、頭の中にいつもいろんな思いつきが渦巻《うずま》いていたこと。そして何より、人を喜ばせるのが好きだったことから、多くの優《すぐ》れた作品が生み出されたのです。

今年二〇〇七年は、リンドグレーンの生誕百年ということで、スウェーデンでは彼女《かのじょ》の伝記的な本が出版されたり、「アストリッド－アンナ－エミリア・リンドグレーン展」や「けちなごみくずじゃないや――オピニオンリーダーとしてのアストリッド・リンドグレーン展」などの展覧会が開かれたりしています。「けちなごみくずじゃないや」というのは、『はるかな国の兄弟』（岩波書店）の中で、弟のクッキーが、ぼくにも勇気がある、という意味で使う言葉ですが、小さな存在であっても、勇気を持って、きちんと発言していきたいと願っていたリンドグレーンは、一九七〇年代に入ると、社会的な発言もするようになりました。動物・家畜虐待反対《かちくぎゃくたいはんたい》、暴力反対、税制や出生率低下についてなど、折にふれユーモアあふれるコメントを出して、社会に大いに影響《えいきょう》を与《あた》えました。

二〇〇二年にリンドグレーンが亡くなったあと、スウェーデン政府は、「アストリッド・リンドグレーン記念文学賞」を設け、多額の賞金を用意し、子どもの本の発展と子どもの権利向上に貢献《こうけん》した人や団体に贈《おく》るようになりました。二〇〇七年度は、ベネズエラのBanco del Libro（本の銀行）という団体が、長年移動図書館として各地をまわり、読書推進活動をしてきた実績を評価され、受賞しました。読書を通じて、子どもたちに楽しみを贈《おく》ってきたこの団体の受賞は、アストリッド・リンドグレーンの記念賞にふさわしいと思いました。

今回も編集部の上村令さんには、大変お世話になりました。この場をお借りして、お礼を申し上げます。

二〇〇七年　七月

石井登志子

【訳者】
石井登志子（いしいとしこ）
1944年生まれ。同志社大学卒業。スウェーデンのルンド大学でスウェーデン語を学ぶ。訳書に『川のほとりのおもしろ荘』『やねの上のカールソンだいかつやく』『遊んで遊んで　リンドグレーンの子ども時代』（以上岩波書店）、『筋ジストロフィーとたたかうステファン』『いたずらアントンシリーズ』（以上偕成社）、『おりこうなアニカ』（福音館書店）、『リーサの庭の花まつり』（童話館出版）、『花のうた』（文化出版局）、『ブリット－マリはただいま幸せ』『赤い鳥の国へ』『雪の森のリサベット』『夕あかりの国』『よろこびの木』『こんにちは、長くつ下のピッピ』『ピッピ、南の島で大かつやく』『おひさまのたまご』『ラッセのにわで』（以上徳間書店）など多数。

【サクランボたちの幸せの丘】
KERSTIN OCH JAG
アストリッド・リンドグレーン作
石井登志子訳　translation © 2007 Toshiko Ishii
224p、19cm NDC 949

サクランボたちの幸せの丘
2007年8月31日　初版発行

訳者：石井登志子
装丁：森枝雄司
フォーマット：前田浩志・横濱順美

発行人：松下武義
発行所：株式会社　徳間書店
〒105-8055 東京都港区芝大門2-2-1
Tel.（048）451-5960（販売）（03）5403-4347（児童書編集）　振替00140-0-44392
本文印刷：日経印刷株式会社　カバー印刷：株式会社トミナガ
製本：大口製本印刷株式会社
Published by TOKUMA SHOTEN PUBLISHING CO., LTD., Tokyo, Japan. Printed in Japan.
徳間書店の子どもの本のホームページ　http://www.tokuma.co.jp/kodomonohon/

ISBN978-4-19-862385-2

リンドグレーンの本　石井登志子 訳

こんにちは、長くつ下のピッピ

おとなりに世界一強い女の子、ピッピがひっこしてきた！ リンドグレーンが、ピッピのお話を小さな子にも楽しんでほしいと文章を書き下ろした絵本。スウェーデンでは、ピッピといえば思い浮かぶのはこのイングリッド・ニイマンの絵。オリジナルのピッピに出会ってみませんか？

（5歳～）

ピッピ、南の島で大かつやく

世界一強い女の子ピッピが、こんどは南の島で大かつやく！ 真珠どろぼうをやっつけたり、人食いザメをおっぱらったり、島の子どもたちと泳いだり、毎日、楽しいことばかり！ イングリッド・ニイマンの絵によるピッピの絵本、第二弾。元気いっぱいの楽しい絵本です。（5歳～）

Astrid Lindgren 徳間書店の

ブリットーマリはただいま幸せ

スウェーデンの小さな町に住む 15 歳の少女ブリットーマリが、ペンフレンドに向けて語る、日々の心豊かな暮らし、初恋、両親や姉弟とのきずな…国際アンデルセン賞をはじめ数々の賞に輝いた「子どもの本の女王」リンドグレーンの、幻のデビュー作。生き生きした描写、個性豊かな人々、弾むようなユーモア、後のリンドグレーン作品すべての萌芽が読み取れる珠玉の物語。（十代～）

夕あかりの国

Illustration © Marit Törnqvist 1994

病気で歩けなくなったぼくのところへ、小さな不思議なおじさんがやってきて言った。「夕あかりの国へ行きたくないかね」ぼくたちは空を飛んで不思議な世界へ…。人気画家マリット・テルンクヴィストの絵で贈る、心癒される美しい絵本。（5歳～）